Kdo Yann
01 - 2015

EN CE LIEU ENCHANTÉ

RENE DENFELD

EN CE LIEU ENCHANTÉ

Traduit de l'anglais (États-Unis)
par Frédérique Daber et Gabrielle Merchez

fleuve
ÉDITIONS

Titre original :
The Enchanted
Ouvrage publié avec l'accord de HarperCollins, New York

ISBN : 978-2-625-09800-8

Pour Marty

Ce lieu est un endroit enchanté. Les autres ne le voient pas ainsi, mais moi si.

Je vois tous les parpaings, tous les couloirs, tous les passages. Je vois les portes qui s'ouvrent sur les escaliers secrets et les escaliers qui mènent aux tours de pierre et les tours qui mènent aux fenêtres et les fenêtres qui s'ouvrent sur l'air libre et pur. Je vois la chambre où les lianes laiteuses des médecins serpentent sur le sol en attendant que le garde appuie sur les boutons rouges pour les remplir. Je vois les terriers secrets du sous-sol où les bidons rouillés dissimulent les urnes des morts et où les urnes répandent leurs cendres sur le sol jusqu'à ce que la rivière déborde et les emporte pour nourrir la terre et les graminées qui s'inclinent sous le ciel. Je vois les oiseaux de nuit duveteux choir du firmament. Je vois les chevaux d'or courir dans les profondeurs de la terre, et la chaleur qui s'échappe de leurs échines vibrer comme du métal en fusion. Je vois où se cachent les petits hommes avec leurs minuscules marteaux, et je vois gesticuler les grisegoules tandis que le four poursuit son lent travail.

Il se passe ici toutes sortes de choses merveilleuses

– difficile d'imaginer choses plus enchantées. Je veux vous les raconter tant qu'il m'en reste le temps, avant qu'ils ne ferment le rideau noir et que je tire ma dernière révérence.

Je les entends, le prêtre déchu et la dame. Leurs pas, sur les sols de pierre, évoquent le doux bruit de la pluie. Ils se parlent tout bas, leurs voix glissent comme le courant d'une rivière qui s'arrête devant ma cellule. Quand je les entends parler, je pense à la pluie, à l'eau, aux rivières cristallines, et quand ils s'interrompent, leur silence ressemble à la rumeur d'une cascade.

Ils ont une conscience si vive l'un de l'autre qu'ils n'ont pas besoin de faire des phrases complètes.

— Où, maintenant ? demande-t-il.

— Parloir, répond-elle.

— Difficile.

— Pareil pour les autres, non ?

Là aussi, j'entends la pluie dans la voix de la dame.

La dame n'a pas encore perdu le son de la liberté. Quand elle rit, on entend le vent dans les arbres et l'eau qui éclabousse le trottoir. On se souvient de la douce caresse de la pluie sur le visage et du rire qui éclate en plein air, de toutes ces choses que, dans ce donjon, nous ne pouvons jamais ressentir.

Le prêtre déchu entend tout cela dans le rire de la dame, lui aussi. C'est pour cela qu'il a peur d'elle. À quoi peut bien mener une telle liberté ? À rien de bon, lui dit son cœur qui bat la chamade.

— Lequel ? demande-t-il.

La dame est l'une des rares personnes qui nous appellent par notre nom. Elle prononce celui de son nouveau client. Il tombe de sa bouche comme une pierre précieuse. Précieuse à un point qu'elle n'imagine pas.

— York.

L'homme dans la cellule d'à côté.

Les autres, dans ma section, disent que sa mère lui a donné le nom d'un esclave qui a voyagé avec Lewis et

Clark, ou celui de son père, le roi anglais de quelque fabuleuse cité lointaine – il n'y a qu'en prison qu'on peut s'en tirer avec un aussi gros mensonge.

York sait qu'ici la vérité n'a aucune importance. À l'intérieur, on finit par être identifié à son mensonge. Dehors, le soleil et la réalité ramènent les gens à leur taille réelle. Ici, les gens se confondent avec leurs propres ombres.

Je colle mon visage sur le mur qui s'effrite. La roche tendre absorbe leurs voix, mais j'ai appris à écouter. Je cueille leurs mots sur la pierre moussue.

Il la prévient que ce dossier-là, plus encore que tous les autres, sera difficile.

— Prêt et d'accord, lui dit-il.

— Bientôt ? demande-t-elle.

J'entends la prière dans sa voix. Comment ne l'entend-il pas ? Et pourtant c'est ainsi. Il est trop occupé à la craindre.

Le prêtre déchu n'entend pas son ton cinglant quand il parle à la dame. Il n'entend pas l'élan du désir. Il ne perçoit pas le fabuleux bouillonnement du monde. Il vit dans ce lieu enchanté mais il ne voit pas l'enchantement chez la dame ; il ne voit rien d'enchanteur ici, ni ailleurs.

Pour moi, être conduit dans ce donjon a été comme atteindre un refuge. Pour le prêtre, ça a été pire que l'exil. Il est arrivé ici il y a peu, le visage défait, les cheveux clairsemés sous la lumière des néons, rides sèches autour des yeux.

Cet endroit vous glace. Et puis un jour, ils vous dégèlent pour vous emmener à l'arrière du Bloc H, et vous êtes mort.

— À plus tard, dit-il.

Je décolle ma tête du mur.

La dame passe devant ma cellule. Je me glisse le long du mur vers les barreaux, en prenant soin de ne pas être vu. Si elle se retourne, je bondirai sur mon lit pour me cacher sous la couverture. Mais elle marche sans se retourner.

Je me presse contre les barreaux pour la voir. J'attrape un triangle de chemise dans le bas de son dos étroit, l'arrière de son talon. Je suis devenu bon à ce jeu-là et parfois j'en attrape davantage : une mèche de cheveux noirs et brillants, le bout nacré d'une oreille.

J'écoute avec attention son pas qui s'éloigne, j'en savoure chaque petit claquement assourdi et le mets de côté pour plus tard.

Le prêtre déchu est là aussi, de l'autre côté de ma cellule, il regarde la dame s'éloigner. Lentement, il fait demi-tour et part en sens inverse. Ses pas sont pesants. Un détenu l'appelle – ça doit être Striker, dans la cellule voisine –, alors, comme à regret, le prêtre s'approche des barreaux, paroles de réconfort machinales aux lèvres. Sous sa chemise à carreaux, il transpire d'avoir parlé à la dame. La sueur dégouline sur son mollet jusqu'à sa cheville nue, elle coule sous ses mocassins et tombe sur la pierre poreuse. Elle s'infiltre sous terre dans les grottes où courent les chevaux d'or que personne ne voit.

La dame ne se retourne pas sur le prêtre déchu. Elle s'éloigne à grands pas, le dos bien droit. Elle pense à lui et chasse cette pensée aussitôt. Elle a besoin d'avoir l'esprit clair pour rencontrer son nouveau client.

Les hommes la regardent passer en silence. Personne n'interpelle la dame.

Au fond du couloir, un très vieil escalier mène hors des ténèbres. Nous sommes enterrés ici dans les profondeurs du donjon, sous les cellules de l'étage supérieur. Les nôtres ne voient jamais la lumière du jour, les ampoules fatiguées clignotent.

L'étroit escalier est tout en recoins sombres et crachats à moitié secs ; aucun homme avisé ne s'y risque. La dame inspire un grand coup et s'y élance. Elle a toujours souffert de claustrophobie. Elle a mis des années à s'habituer à entrer dans cette prison, avec ses lourdes grilles qui claquent, l'horrible ferraillement des serrures et le souvenir de son passé enfoui, elle qui connaît le sentiment d'être prise au piège. Elle a surmonté ses peurs comme elle surmonte tout le reste : elle fait comme si elles n'existaient pas.

Mais l'escalier de notre prison la perturbe encore. Un jour, au hasard d'un regard, elle a vu un ongle coincé entre deux pierres. Elle sait les crimes qui se commettent dans notre lieu enchanté : les actes de brutalité dont nul n'entend jamais parler dehors, les yeux énucléés, les viols, les meurtres. Elle sait que ces crimes ne frappent pas uniquement les détenus, mais aussi les gardiens et les gens comme elle.

Les marches sont tellement usées qu'elles sont creusées au milieu. La pierre poreuse boit le sang. C'est vrai, avec le temps, il reste des taches roses. Elles ont pénétré par le bord des moellons, se dit la dame.

Elle atteint le palier et laisse échapper un soupir de soulagement. La porte s'ouvre sur un couloir silencieux. Elle est enfin au rez-de-chaussée. Elle emprunte un autre couloir étroit et gravit une volée de marches raides.

Là, dans un renfoncement, se trouve la salle qu'on appelle la Bibliothèque des gardiens.

C'est une vaste pièce garnie d'étagères remplies de grands et vieux livres reliés de cuir. Ce sont les registres des morts, ceux d'avant l'époque des ordinateurs. Les gardiens les sortent parfois pour montrer aux visiteurs les patronymes d'autrefois, les calligraphies anciennes. L'un de mes grands-oncles figure dans un registre, même si je me refuse à l'admettre ouvertement. Elbert James Knowles, indique l'écriture fanée, avec la date de sa mort. La mienne, j'imagine, sera inscrite à l'encre invisible, elle s'insinuera dans les boyaux secrets des murs, là où crapahutent les petits hommes aux marteaux. Des ordinateurs, je ne peux rien dire. Je n'en ai jamais vu.

Au centre de la Bibliothèque des gardiens, se trouve un vieux bureau éraflé. Un gardien est assis, morose, sur une chaise trop petite. Il est grand et gros, son inconfort est manifeste. C'est sa pause-déjeuner. Il mange dans la gamelle en plastique bleu réglementaire dont se servent tous les gardiens, avec un couvercle en accordéon et des compartiments faciles à ouvrir lors des fouilles. De temps à autre, ils font venir un chien renifleur, mais il n'existe aucun moyen de mettre fin au trafic, du moins pas dans cette prison où les tentations sont grandes, le stress élevé et la corruption généralisée. Quand un gardien peut se faire cent dollars le paquet de cigarettes, c'est sûr que c'est tentant.

D'une main pleine d'un sandwich, le gardien fait signe à la dame qu'elle peut ouvrir la porte au fond de la salle.

De l'autre côté de cette porte se trouve le parloir des condamnés à mort. Eux l'appellent en plaisantant le moulin à paroles.

Le parloir est une petite pièce. Au plafond, une belle suspension d'époque en verre jaune – pas une simple ampoule protégée par un grillage, mais un vrai lustre –, diffuse une lumière chaleureuse. Il y a aussi une vraie table en bois, dont on peut feindre de croire qu'elle sent un peu le citron même si on sait pertinemment qu'elle n'est jamais nettoyée qu'à l'eau sale.

Ce qui compte, c'est la fenêtre dans le mur du fond. En se tordant le cou, les détenus peuvent apercevoir le ciel. Houppettes blanches un jour, striés de rose un autre jour, les nuages, certains soirs, s'embrasent littéralement.

C'est pour cette fenêtre que les condamnés à mort se rendent au parloir pour rencontrer leurs avocats et leurs enquêteurs. Les avocats croient que leurs clients ont envie de les voir. Non, c'est pour la fenêtre qu'ils viennent. La visite terminée, lorsqu'ils sont reconduits enchaînés dans les profondeurs du donjon où ils passent leurs journées dans une cellule d'un mètre quatre-vingts sur deux mètres soixante, sans aération ni fenêtre, équipée d'un petit lit, d'une tinette éternellement maculée de brun et d'une ampoule défaillante dans sa cage de métal, les détenus peuvent se rappeler ce bout de ciel. Des mois, des années même passent parfois entre deux parloirs. Mais ils savent que, lors de ces rares visites, ils verront le ciel.

Quand ils redescendent, ils peuvent dire aux autres : « Il était tout rouge aujourd'hui, et les nuages, couleur prune. » Ou bien : « J'ai vu un oiseau, joli comme tout. » Personne ne mettra leur parole en doute. Les gens mentent parfois ici – d'accord, les gens mentent presque tout le temps. Mais dans le couloir de la mort, il y a un sujet qui ne fait mentir personne, c'est ce qu'on a vu dans ce morceau de ciel.

York est déjà dans la cage, il attend la dame.

La cage est juste assez grande pour contenir un homme. Elle mesure deux mètres soixante-dix de haut et ses barreaux de bois tourné sont aussi durs que du fer. Au début du XIXe siècle, en Louisiane, une société du nom de Dugdemona Holdings produisait ces cages avec du bois importé d'Afrique sur les navires négriers. Les esclaves les fabriquaient et il leur arrivait de mourir à l'intérieur. Dans les petites villes, les geôliers s'en servaient pour enfermer les fous et les agités, et les propriétaires de plantations pour maîtriser les fuyards. Les cages Dugdemona eurent beaucoup de succès auprès des autorités pénitentiaires et des révolutionnaires, comme cellules et instruments de torture. Plus d'un homme est mort de faim dans l'une de ces cages.

Il n'en reste plus que quelques-unes dans tout le pays. Nous en avons une dans notre lieu enchanté, c'est là qu'on enferme les condamnés à mort qui viennent au parloir. C'est là que York attend la dame.

La dame prend place sur l'unique chaise, face à la cage. Ses mouvements sont précis, détendus.

La dame et York s'observent.

York a des yeux sombres, en amande, pareils à ceux d'un oiseau de proie. Il a des pommettes hautes dans un visage maigre, un petit crâne couvert de fins cheveux noirs. En dépit des années en sous-sol, sa peau est d'une intense couleur résinée. D'habitude, les hommes qui collaborent avec la dame sont comme décolorés par le temps passé sous terre. Les Blancs prennent un teint étrangement diaphane, semblable à de la gelée transparente, et les Noirs virent tristement à l'aubergine. Comme par défi, York n'a pas pâli.

La dame a devant elle un petit homme voûté d'apparence difforme, comme si ses os avaient poussé de travers. Même en cage, il donne une impression de force contenue.

Au-dessus de ses chaussons de papier, ses pieds sont entravés par des fers. Une lourde chaîne, fixée à l'un de ses bracelets de cheville, passe entre les barreaux de bois et vient s'attacher à un énorme anneau scellé dans la pierre du mur. La chaîne est là pour l'empêcher de faire le malin. Ce n'est jamais très malin de jouer à ce petit jeu-là ici, à ce que j'ai remarqué.

La dame note que les incisives de York sont curieusement découpées, et fendues au milieu – comme si Dieu, ou le diable, avait voulu le rendre fourchu. Ces dents bizarres sont étonnamment propres. Il les brosse trois fois par jour, répète-t-il à qui veut l'entendre en grimaçant comme un singe. Il les nettoie avec des bouts de fil arrachés à sa couverture. Quatre cents fois, lance-t-il à la cantonade. Dans le couloir, York soliloque sans cesse. Il répète la même litanie, parfois des jours durant, jusqu'à ce que les gardiens jurent qu'ils vont devenir fous, à force ; alors il se retire au fond de sa cellule et regarde fixement ses mains.

York aime imaginer ce que les autres pensent. Il croit que cela lui donne un temps d'avance. Il dit que douze ans de couloir ont affûté ses dons de médium, mais il prétend aussi avoir toujours été extralucide. De même que les aveugles développent un odorat exceptionnel, sa vie lui a appris à lire dans les esprits. L'isolement extrême de notre donjon, prétend-il, a fait de lui un maître dans l'art de se glisser dans la tête des autres.

Bien sûr, lorsqu'ils entendent ça, les gardiens lèvent les yeux au ciel en rétorquant que la seule tête dans laquelle York puisse entrer, c'est la sienne.

À cet instant, York croit que la dame pense à lui. Il se dit qu'elle le plaint, lui ce pauvre nouveau client qui a passé douze ans à attendre la mort.

La dame ne pense pas du tout à cela. Ce n'est même pas à York qu'elle pense. Elle se demande dans quel état seront les routes pour rentrer chez elle. Le printemps a été mauvais et l'unique voie d'accès à notre lieu enchanté pourrait bien être inondée. Dans ce cas, elle devra passer la nuit dans le motel le plus proche, avec le cliquetis des radiateurs et l'odeur de moisi. Elle prend du recul. Cela marche mieux ainsi pour elle. Elle n'a même pas apporté de quoi prendre des notes.

La dame sourit à York et s'adosse tranquillement à sa chaise. Elle est restée debout toute la journée, c'est bon de s'asseoir. La fenêtre laisse entrevoir un ciel lourd de nuages de pluie, d'un noir d'ardoise. Le plafonnier jaune les enveloppe d'une lumière chaude.

Dans une prison remplie de menteurs, la dame a l'avantage d'être profondément sincère. Même un homme comme York – surtout un homme comme York – voit bien que son sourire est sans artifice. C'est un sourire plein de chaleur, de gentillesse et de quelque chose qui évoque l'acier. Tu peux me dire tout ce que tu veux, lit-on dans ces yeux, parce que je verrai la beauté dans tout ce que tu racontes.

Finalement, York doit parler, faire bouger ses lèvres, soulager la tension dans sa gorge. Les mots dévalent, aussi durs que des cailloux, mais bientôt ils se font plus lisses – quel soulagement, quelqu'un qui n'est là que pour m'écouter –, alors les voyelles s'arrondissent et les consonnes se changent en planètes devenues l'univers en expansion dans la lumière des yeux sombres de la dame. Elle m'entend, songe-t-il, éperdu – elle m'entend vraiment.

York parle tant et tant qu'il lui semble devenir poète. Il lui explique pourquoi il a décidé de mourir.

— Ce n'est pas juste que c'est une torture, de rester enfermé. Le pire, c'est de ne jamais pouvoir toucher quelqu'un, ni sortir à l'air libre, ni respirer l'air frais. J'aimerais sentir encore une fois le soleil, juste une fois.

Le regard de la dame se fait soudain distant. Ce qu'il dit est vrai, mais pas tout à fait.

— D'accord. J'en ai marre d'être un zéro, avoue-t-il. C'est fini pour moi, compris ?

Il parle de sa terrible confusion intérieure. Tout le monde pense que les sociopathes sont des supercriminels, mais lui est juste un type tordu qui ne comprend pas ce qui le fait agir comme ça. Il y a une sorte de fusible en lui, et quand le fusible saute, il ne peut plus s'arrêter.

— S'il y avait une raison, je vous le dirais, ajoute-t-il. Quand on tue des gens, on est censé avoir une raison. Mais il n'y en a pas. Il n'y en a jamais.

La dame hoche la tête. Elle comprend.

À chaque secret révélé, le regard de la dame se fait plus sombre et plus satisfait. Par la précieuse fenêtre, York voit que les nuages se sont dispersés et que le ciel est devenu noir. Il parle depuis un temps infini ; il lui a confié des secrets qu'il a toujours eu peur d'avouer, des secrets dont il soupçonne qu'elle les connaissait depuis toujours.

Elle a le regard de qui a bu au canon d'un fusil et a trouvé cela délicieux. Ses yeux sont emplis d'une étrange tristesse, on dirait qu'elle s'émerveille de toute la beauté et de toute la souffrance du monde.

Elle se lève. Pour la première fois, il remarque comme elle est petite. Elle ressemble à un moineau noir. Ses yeux d'oiseau, noirs eux aussi et en amande, pourraient être ses yeux à lui, son petit crâne le sien. Mais ses os à elle sont longs et fins, alors que les siens sont difformes.

D'une main, elle fait un signe qui semble être un adieu mais qui dit oui aussi.

Il lève prudemment la sienne. À force d'inactivité, ses doigts sont filiformes. Il les passe à travers la cage. C'est l'éternel geste d'espoir qui signifie *touche-moi*.

Elle connaît le règlement. Les condamnés à mort n'ont pas droit au contact humain. Cela fait partie du châtiment. Ce seul geste pourrait lui coûter son laissez-passer. Alors elle lui offre autre chose. Elle s'approche assez près pour qu'il puisse sentir la chaleur de son corps.

Le gardien la déteste. Mais comme nous l'aimons, la dame.

Lorsque j'ai été arrêté pour la première fois, il y a bien longtemps, j'ai été placé dans la section générale, au Bloc A, dans ce qu'on appelle le quartier des perpètes.

Je connaissais les dangers de la prison pour quelqu'un comme moi. J'avais si peur que je me cachais dans ma cellule lorsque les portes s'ouvraient pour la promenade. J'attendais en silence que tout le monde soit sorti et je rasais les murs jusqu'à la bibliothèque.

Je me souviens encore du parcours que je devais faire : tourner deux fois du côté de la main qui écrit. Descendre les marches. Tourner en sens inverse, comme pour ouvrir un robinet.

Je ne savais pas bien lire, à l'époque. Mon dernier souvenir de vraie scolarité date de mes huit ans. C'était dans une petite école près de chez mes grands-parents. Je me rappelle l'odeur des chaussettes mouillées posées sur le radiateur et la nuque rouge, fraîchement rasée, du grand garçon assis devant moi. Comme pour la plupart des prisonniers, mes souvenirs du dehors se sont estompés avec le temps. Le dehors est devenu irréel. Lorsque je rêve, je suis ici.

Lire était difficile. Les mots les plus simples me posaient problème. Mais j'y revenais sans cesse parce que je n'avais nulle part d'autre où aller. J'ai fini par aimer me casser la tête sur les mots, dans la lumière poussiéreuse du soleil qui filtrait à travers les barreaux et tombait en longs rais sur le bois de la table.

Peu à peu cela devint plus facile et puis, les digues ont lâché, je lisais. J'ai lu Nancy Drew et les Hardy Boys. J'ai lu Louis L'Amour et l'Encyclopædia Britannica, *Les Hauts de Hurlevent* et les recueils des *Meilleures Nouvelles américaines*. J'ai lu tous les livres sur la nature que j'ai pu trouver de sorte que, lorsque l'auteur nous emmenait dans les bois, j'étais de la promenade. Je suis tombé sous le charme inquiétant de Sydney Sheldon et de la magie de Ray Bradbury. Je lisais et relisais sans cesse mes livres préférés et y trouvais chaque fois des choses nouvelles, comme si les écrivains avaient ajouté des mots derrière mon dos. Je lisais un passage de mon livre favori, *L'Aube blanche*, et je tombais sur un paragraphe qui, je l'aurais juré, n'y avait pas été avant.

J'ai lu tout ce qui se trouvait dans cette petite bibliothèque poussiéreuse. J'ai lu les préfaces et les postfaces, jusqu'à pouvoir dire combien de fois Stephen King remercie sa femme, Tabitha. J'aurais pu expliquer comment les Indiens construisaient leurs maisons traditionnelles, comment réaliser des toilettes solaires ou faire sécher de la viande d'ours. J'aurais pu si j'avais pu parler, mais les mots restaient en moi où ils opéraient leur miracle. Longtemps, je me suis dit que ce n'était pas grave : les mots étaient là et ils me transportaient.

Un jour, au bout de bien des années, le directeur a fait son apparition. L'assise de ma chaise s'était creusée sous mes maigres cuisses. On avait fini par considérer qu'une place m'était réservée.

À cette époque, le directeur était nouveau et bien plus jeune. Il avait des cheveux noirs et brillants, un visage bronzé. On aurait dit quelqu'un qui faisait du bateau. Il arborait une grosse alliance en or. Tout le monde riait de la façon dont il paradait avec sa femme lorsqu'elle passait le voir.

Ce jour-là, il s'est approché de ma place, que je protégeais par des piles de livres, et il a pris *Le Petit Collectionneur de papillons*.

— On m'avait bien dit que je vous trouverais là, a-t-il dit.

J'ai hoché la tête et avalé ma salive.

— Il paraît que vous n'allez ni à la promenade ni au réfectoire.

J'ai fait non de la tête. J'aurais voulu dire : les livres me suffisent.

Il est resté silencieux, a retourné le livre et regardé au dos la photo d'un garçon vêtu d'une chemise à manches courtes, le visage criblé des inévitables taches de rousseur et barré d'un grand sourire. Sur fond de champ de fleurs bleu vif, il tenait un filet à papillons.

— Je suis content que tu évites les ennuis.

Je savais ce qu'il voulait dire. Il était content que je n'aille pas à la promenade, que j'évite les détenus qui me voulaient du mal parce qu'il craignait que je me venge.

— Un type comme toi fait bien de se planquer, a-t-il ajouté en reposant doucement le livre.

Les détenus présents ce jour-là nous regardaient, bouche bée. Je connaissais l'un d'eux, il vivait dans ma section. C'était un type énorme, musclé, rubicond, avec des dents étroites, rentrées comme celles d'un lapin. Je savais qu'à peine aurais-je quitté la pièce, il se lèverait et, nonchalamment, me suivrait dans l'obscurité des escaliers déserts.

L'homme rubicond regardait le directeur qui me parlait. Son sourire narquois s'est soudain mué en expression d'incompréhension devant la scène qui a suivi.

Le directeur m'a souri, puis m'a donné une petite tape dans le dos. Le directeur ! Qui me tapotait le dos, à moi !

Tout le reste de ma longue vie, j'ai essayé de ne garder que le souvenir de mes lectures et d'oublier les choses épouvantables qui m'arrivaient en montant ou en descendant les escaliers. La bibliothèque est devenue mon sanctuaire. J'aimais la manière dont mes précieuses histoires prenaient forme tout en laissant un espace qui permettait une relecture différente. J'étais fasciné par la façon dont les écrivains s'y prenaient pour parvenir à un tel résultat. Comment faisaient-ils pour qu'une histoire soit à la fois si achevée et si ouverte ? C'était comme s'ils avaient peint un tableau qui changeait chaque fois qu'on le regardait.

Il y avait dans les livres des choses qui me troublaient. Les manuels de biologie ont fait de mon esprit l'épicentre de mondes nouveaux, au point d'activer les cellules de mes propres organes. Dans les ouvrages de médecine, les planches anatomiques du corps humain me faisaient frémir. C'était comme s'ils avaient été mis là pour me rappeler une question qui m'avait longtemps tracassé : qu'y a-t-il dans ces entrelacs contenus dans le corps ? Pourquoi Dieu nous a-t-il pourvus de tant de sombres labyrinthes ? C'était dans ces moments-là que j'avais besoin de revenir à une lecture réconfortante comme *L'Aube blanche*.

Parfois, en lisant, je pensais à ceux qui avaient tenu le livre avant qu'il ne soit donné à la bibliothèque. Une gentille femme qui faisait la sieste avec son bébé avait peut-être eu en main celui que je lisais. Je la voyais, dans sa robe bain de soleil, allongée sur un drap de coton fleuri, le livre ouvert dans la lumière de l'été. Un peu de cette chaleur avait peut-être pénétré dans les pages que je tournais.

Au bout d'un certain temps, on aurait dit que le monde des livres était devenu le mien. Mon enfance, c'était vin de pissenlit et crème glacée, comme chez Ray Bradbury, et pêche au poisson-chat avec Huckleberry Finn. Mes propres souvenirs s'éloignaient et les souvenirs littéraires devenaient réels, bien plus réels que la vie à l'extérieur, bien plus réels même que la vie à l'intérieur.

Mais, des années plus tard, j'ai fait à nouveau quelque chose de mal.

Quand on commet un acte vraiment grave, en prison, il n'y a pas trente-six solutions. Soit on vous tue et on dit que c'était un accident, soit on vous envoie au donjon. Pour moi, ça a été le donjon.

Ici, les portes ne s'ouvrent pas avec fracas. Si cela arrivait, je paniquerais. Je me cacherais sur mon lit, la couverture tirée sur la tête. Ici, pas de bibliothèque au bout d'un couloir, après deux tournants à droite et un à gauche. Je suis seul dans ma cellule, pris au piège pour toujours. Mais le détenu auxiliaire m'apporte encore des livres sur son chariot.

Et le directeur passe. Presque tous les mois, sans rien dire, il glisse un livre par le guichet de ma porte. J'attends, la tête sous la couverture, et quand je l'entends tomber, je me précipite pour le ramasser.

Le directeur semble toujours savoir quoi m'apporter. Lorsqu'il fait une chaleur poussiéreuse dehors, que le ciel est d'un bleu vengeur, il m'apporte un récit de cow-boy. Quand la pluie frappe les murs des tours et que le monde est d'un gris désespérant, ce sont des histoires bibliques. Lorsque les couloirs résonnent des cris de mutinerie à faire trembler de douleur les barreaux de ma cellule, le directeur dépose un livre tout de douceur et de consolation, les poèmes complets de Walt Whitman.

Et puis, oh, mes préférés, ceux qui ont un goût d'enfance. Régulièrement, il m'apporte *L'Aube blanche* et je parcours avec délice les étendues de neige sous la lune, je contemple les éclairs bleus de lumière arctique et me goberge de viande de phoque gelée en riant avec mes amis inuits.

Lorsque j'ai commencé à lire, il y avait des mots que je ne savais pas prononcer. Je me les récitais mentalement. Ciguë, putrescible, sioux. Flegmatique, puzzle, chrysalide.

Comment les dire, ces mots ? À quoi ressemblent-ils dans la bouche des autres ? Sonnent-ils aussi bien que je l'imagine ?

Une fois, tout au début, je m'étais mis à répéter sans fin le mot « sioux ». Je ne suis toujours pas certain de bien le prononcer. Entend-on le x ? Des heures durant, je songeais comme il était étrange que certaines lettres soient muettes, tout comme certaines parties de notre existence. Ceux qui ont fait les dictionnaires ont-ils décidé que la langue devait refléter nos vies, ou est-ce juste un hasard ?

J'ai fini par décider que cela n'avait pas d'importance. Dans mon esprit, les mots sonnent juste. Ils se font la course comme des barques sur un lac au crépuscule et tout le monde se fiche que mes métaphores ou ma ponctuation soient bancales.

Les livres ont apporté la beauté dans ma vie, ils lui ont donné un sens ; car la vie est une histoire. Tout ce qui m'est arrivé et m'arrivera fait partie de l'histoire de ce lieu enchanté – tous les rêves, toutes les visions, toutes les révélations qui me viennent dans ma cellule souterraine. Les livres m'ont aidé à comprendre que la vérité ne se trouve pas dans le contact de la pierre mais dans ce qu'elle vous murmure.

Elles me disent tant de choses, les pierres. Il est possible que parfois je fasse des erreurs. Je vous en prie, alors, pardonnez-moi. Ce qui est important, c'est que l'histoire de notre monde enchanté soit contée.

Il est tard ; chez elle, la dame lit le dossier de York.

Les procès qui se terminent par une condamnation à mort éclatent et passent comme des orages. Ce sont des secousses électriques qui sifflent et claquent, ne laissant derrière elles qu'une odeur d'ozone et de papier journal mouillé. Dès que le verdict est prononcé la cour remballe, les jurés rentrent chez eux. Tout est fini et aussitôt oublié.

Douze ans après son procès, York avait quasiment épuisé tous les recours. Il se trouvait sur le tapis roulant pour la mort. Dans l'indifférence générale. La dame a connu des cas qui traînent dix, vingt et même trente ans avant l'exécution. Malgré cette lenteur, on tue dans cette prison plusieurs personnes par an : il y a des douzaines de condamnés dans le couloir et il en arrive toujours plus. C'est une véritable industrie, elle le sait, qui, des deux côtés, nourrit son homme.

La dame tique en découvrant le nom des avocats de la défense dans l'affaire York : deux nullités connues sous le sobriquet de Maîtres Faucheur et Associés en raison de leur propension à faire exécuter leurs clients. Chacun sait qu'ils en font un minimum tout en facturant le maximum. Mais, la dame en est bien consciente, quelle que soit l'incompétence des avocats, annuler une condamnation à mort peut sembler insurmontable. En reprenant l'affaire, il faudra prouver qu'il y a eu de flagrantes violations de la loi ou que l'on dispose d'éléments nouveaux. Selon l'expression consacrée dans le couloir de la mort, York n'était plus aujourd'hui que de la chair à boudin.

Le condamné a alors pris une décision incroyable. Il a baissé les bras. Il a renoncé à tout recours. Il a annoncé qu'il voulait mourir.

Branle-bas de combat chez les adversaires de la peine de mort. Les dons se sont mis à affluer et des célébrités ont pris la parole pour supplier York de changer d'avis. Lui qui n'était qu'un obscur meurtrier de plus destiné à la chambre d'exécution est devenu une victime digne de compassion. Les associations ont levé des fonds pour engager des avocats et les avocats ont embauché les meilleurs spécialistes de la révision de procès, tout cela pour sauver la vie d'un homme qui avait décidé de mourir.

C'est là qu'elle intervient.

Il y a dans le couloir de la mort des douzaines d'hommes qui tueraient – littéralement, à son avis – pour qu'elle s'occupe de leur cas. Au lieu de cela, c'est à celui qui désire mourir que revient cet honneur. Elle se frotte les yeux ; ils sont rouges et fatigués.

Elle se met au lit dans son joli pyjama de soie dont personne ne profite. Elle tire jusqu'à son menton soigneusement démaquillé un drap tout propre. Son appartement est vide et froid, elle s'en rend bien compte.

La dame songe à ce qui l'attend dans cette nouvelle affaire. Cela fait huit ans qu'elle est enquêtrice spécialisée dans les peines de mort. Elle n'accepte qu'un ou deux dossiers à la fois et travaille pour des avocats représentant des détenus qui ont fait appel. Comme il y a une quarantaine d'hommes dans le couloir, cela signifie qu'une infime proportion seulement bénéficie de ses services. Elle dispose généralement d'un an au moins par enquête. C'est un processus difficile : il faut retrouver de vieux documents officiels et débusquer des témoins d'époques révolues pour revoir de fond en comble les circonstances d'un crime.

York ayant renoncé à faire appel, la date de son exécution a été fixée. Ce sera le 6 août. En plein été. Elle jette un regard au calendrier mural, au-dessus de sa table. On est en mai. Elle a trois mois pour lui sauver la vie. Une saison, pense-t-elle, une saison pour empêcher une exécution.

Jusqu'à présent, tous ses clients voulaient vivre. Certains passionnément, d'autres plus mollement. Mais tous le voulaient. Alors, quand un cas lui donne du fil à retordre, elle peut au moins se dire qu'elle répond à leur désir et qu'elle défend leurs droits.

Ce n'est pas le cas pour York.

Elle songe à ce que cela représente de défendre un homme contre sa volonté, de le sauver malgré lui. Comment sait-on qu'on veut mourir ? En un éclair de lucidité ou après mûre réflexion ? Peut-être n'est-ce chez lui qu'une posture, une stratégie pour éviter la mort.

Avant de s'endormir elle pense, presque malgré elle, au prêtre déchu. Elle le voit qui avance à grands pas vers la fenêtre, petite silhouette miniature. Sa démarche est pleine d'assurance. Il porte la soutane mais l'ouvre d'un geste vif comme s'il voulait s'en débarrasser. Au moment où il traverse la vitre, elle sait qu'elle dort. Elle rêve qu'il est près d'elle et elle caresse avec précaution ce petit personnage, de crainte de le briser.

Au bout du couloir, les gardiens parlent d'un homme qu'ils nomment Arden.

— J'ai entendu dire que ça va être enfin son tour, dit l'un d'eux.

Le silence se fait chaque fois que le nom du détenu Arden est prononcé. C'est le monstre de notre prison. Parmi tous ces criminels endurcis, lui a commis des actes indescriptibles, inexplicables. Si certains parlent de ce que York a fait, personne ne fait allusion aux crimes d'Arden parce qu'il existe des choses trop horribles à concevoir.

Je me glisse le long du mur, je pose ma joue sur la pierre, j'écoute.

— Pas trop tôt, dit l'autre garde.

— Ouais, le directeur dit que ça a été toute une histoire.

Je me demande si cela signifie que le dénommé Arden pourrait bénéficier d'une libération conditionnelle. Mais un monstre comme lui, non, ce n'est pas possible.

— Et York, alors ? dit le premier sur le ton de la plaisanterie.

L'idée de tuer York donne un tour plus léger à la conversation.

— T'es volontaire pour la chemise noire ?

Pas de réponse. Tous connaissent la règle. Si on est volontaire pour l'exécution, on ne le dit pas.

— Je sais pas. Je crois que j'aurais du mal à le zigouiller, ce connard, en fait.

Et, après un silence :

— Moi aussi.

Les petits hommes aux marteaux bavardent, puis se taisent à leur tour.

Dehors, cette fin de printemps fait des siennes. Même ici, dans le donjon, je m'en rends compte. Les gardiens nous apportent la pluie dans leurs cheveux et sur leur veste d'uniforme. Ils s'ébrouent en descendant les marches. Un peu d'humidité parvient jusque dans ma cellule. Je me baisse, j'en porte un peu à ma bouche. Cela n'a pas le goût de feuilles pourries de la pluie d'automne. Ni le goût de glace fondue de la pluie d'hiver. C'est le goût de la pluie de printemps, un goût frais d'herbe et de vie nouvelle.

— Ça pourrait déborder, ce soir, dit le gardien, en face de moi.

— Merde, répond son collègue.

Je recule jusqu'au fond de ma cellule et je me demande pourquoi ces gens qui vivent dehors emploient d'aussi vilains mots. Mais c'est peut-être normal quand tu es dehors et que le monde te crie dans les oreilles toute la journée avec ta radio, ta télé, ta femme, ta tondeuse et les avions qui hurlent au-dessus de ta tête. Peut-être les vilains mots sont-ils une façon de dire à la vie de la fermer.

Je ne peux plus penser à ce monde du dehors, il est trop vaste, il me fait peur. C'est un cirque effréné qui résonne de l'affrontement des idées et des êtres. Depuis que j'ai neuf ans, j'ai passé mon temps enfermé quelque part. Je suis habitué à ces pièces contenues dans d'autres pièces, elles-mêmes contenues dans des enceintes de barbelés électrifiés. Les murs que d'autres trouveraient suffocants sont devenus mes poumons.

Assis sur mon étroite couchette, je caresse les longs ongles jaunes de mes orteils en contemplant mes murs. Je songe à la rivière qui coule auprès de notre prison, à la mare et aux canards qui tournent en rond. Je sens le froid de l'eau toute proche, la noirceur des herbes ondulantes. J'imagine que mes pieds sont palmés et pagaient dans l'eau épaisse. Je sens le goût de la vase dans mon bec et les tendons de mes ailes brassent le ciel couleur d'ardoise.

Régulièrement, la rivière se déchaîne et submerge ses rives argileuses. L'eau boueuse, visqueuse, envahit le parking et pénètre dans les sous-sols de notre prison, en particulier dans notre donjon. Depuis que je suis ici, j'ai souvent vu l'eau perler, puis descendre le long des murs et traverser ma cellule. La plupart du temps elle ne monte que de quelques centimètres en un filet que j'aime voir couler mystérieusement vers ce que je crois être le sud.

Il est parfois arrivé que l'eau monte jusqu'à mon lit. Alors, les détenus crient pour de bon, ils ont peur de se noyer. Moi, je suis bien trop occupé à mettre un doigt après l'autre dans l'eau glacée, à ressentir cette course joyeuse pour m'inquiéter.

Je suis trop excité pour dormir.

Plus tard dans la nuit, les voyants rouges du corridor s'allument ; l'invisible tempête les fait clignoter. Les gardiens arpentent les couloirs au pas de course, traînant derrière eux d'antiques systèmes de pompage dont le moteur démarre dans d'énormes gargouillis. Sous la terre, la rivière sape nos murs ; elle s'infiltre jusque dans notre donjon et je la vois couler le long de mes murs. Je l'imagine qui envahit par vagues les cavernes où les chevaux d'or, ravis, frappent le sol de leurs sabots.

— Putain, qu'est-ce qui se passe ? hurlent les hommes.

On entend dans leur voix la peur d'être pris au piège. Notre prison n'est qu'un grand cimetière. L'ignoraient-ils ?

— Chuis pas Noé, et on n'est pas dans l'arche, braille Striker, dans la cellule d'à côté.

Je suis ivre de bonheur. Je pose mes pieds nus sur le sol et je frémis en sentant les prémices d'un infime cours d'eau, avide d'en savoir plus sur cette nouvelle forme de vie qui va m'être révélée.

Les enquêteurs judiciaires ont coutume de dire que la pire maison du quartier est toujours pour eux. Quelle que soit la pauvreté du coin, la désolation du parc de caravanes, c'est toujours chez leur client que c'est le plus moche. Ou chez la victime.

Un collègue de la dame racontait en riant qu'il n'avait même plus besoin de passer au bureau. Il lui suffisait d'aller sur le terrain et de traîner près du mobile home le plus délabré jusqu'à ce qu'un cas se présente. Cela en avait choqué certains mais elle, elle avait compris ce qu'il voulait dire. L'homme mourut peu après d'un accident du travail. Il avait frappé à la mauvaise porte et un homme armé d'un fusil à canon scié lui avait explosé la tête.

Sur la route sinueuse qui traverse d'extraordinaires forêts de conifères bleus, qui longe des rivières étincelantes et qui, au hasard d'un virage, offre des vues paradisiaques, elle pense à lui. Elle se trouve à des heures de la ville, dans une région dont, jusque-là, elle ignorait l'existence. Lorsqu'on enquête sur une affaire de condamnation à mort on ne s'attend pas à ces magnifiques paysages, aurait dit son vieil ami.

Elle franchit des passages à élans et traverse des petites villes aux noms pittoresques, Burnt Tree, Hope Creek, qui se réduisent à un unique magasin en bord de route et à des chalets à peine visibles sur les collines environnantes. Elle voit une biche qui broute sur le bas-côté, indifférente, la tache claire sous sa queue bien visible, flanquée de son petit.

Un virage bordé d'arbres révèle une série de lacs émeraude posés là comme les pierres d'un collier. C'est une vision éblouissante. Elle repère un petit parking et s'arrête. En descendant de la voiture, elle goûte un air d'une incroyable pureté.

Au-dessous d'elle, un lac d'une beauté irréelle scintille. Un faucon à queue rouge décrit des cercles dans le ciel. Une petite plaque de bronze indique que pour les Indiens d'Amérique ces lacs étaient sacrés. Tout était sacré, pense-t-elle avec regret, quand le monde nous inspirait encore du respect. Elle savoure les forêts bleues, le ciel sans limite.

En retournant à la voiture, l'exaltation retombe. L'habitacle sent le vieux café et les sandwichs ramollis. Je pourrais louer un chalet dans les bois, près de ces lacs, se dit-elle. Je gagnerais ma vie en peignant, en écrivant ou en faisant des ménages. Ce serait une vie simple. Ou alors, je pourrais venir ici quand j'aurais besoin d'être seule.

Elle poursuit cette idée tout en traversant d'autres petites villes que séparent des kilomètres, sans rien d'autre que ces forêts aux trouées ensoleillées qui laissent entrevoir par endroits le velours vert d'un tapis de mousse. Elle ouvre les vitres et entend le lointain rugissement des rivières. Elle imagine sa vie dans ces paysages, elle se voit le matin sur la terrasse de son chalet, une tasse de café à la main, devant ces lacs stellaires, pour humer le bon air et s'emplir les yeux du bleu des forêts. Elle se voit lovée dans un lit blanc sous des poutres apparentes, cuisinant des repas frugaux sur un réchaud, pour elle et pour un homme. Il est assis à table, silhouette indistincte. Elle s'arrange pour ne pas imaginer son visage.

Sa rêverie s'interrompt lorsqu'elle atteint la bourgade de Sawmill Falls. Le long d'un cours d'eau bruyant, une scierie depuis longtemps fermée, au toit effondré. Elle descend une rue dont tous les magasins portent l'écriteau « fermé ». La petite ville semble déserte. Elle emprunte un chemin de terre raviné où brinquebale sa vieille voiture. Arrivée en haut, un autre chemin, à peine assez large, mène au sommet de la colline, face à un portail dégondé envahi de sumac.

Elle éteint le moteur et fait le reste à pied. Comme prévu, la cabane est la plus délabrée qu'elle ait vue aujourd'hui.

— Comme je disais, je ne bouge pas beaucoup, ces temps-ci.

La tante de York se lève de sa chaise en soufflant un peu. De petites touffes de rembourrage grisâtre s'échappent entre les ressorts. Tante Beth est une femme prématurément vieillie, à la tignasse grise et au grand sourire brèche-dents. Elle pourrait aussi bien avoir quarante ans que soixante-dix. Comme tous les gens pauvres que rencontre la dame, elle n'a pas d'âge. Lorsqu'elle se rassoit, elle replonge ses pieds enflés dans un bassin rempli d'eau floconneuse.

— Du bicarbonate, c'est pour ma circulation, explique-t-elle.

— Ma mamie faisait pareil, dit la dame en souriant.

Et puis, elle se demande si c'est vrai. Sa grand-mère prenait-elle des bains de pieds au bicarbonate ? Elle n'en a aucune idée mais peu importe. Sur le moment cela lui a semblé vrai.

— Comme ça vous voulez que je vous parle de mon neveu, dit la vieille dame d'un ton las.

— Seulement si vous êtes d'accord.

La dame a expliqué le plus simplement possible en quoi consistait son travail. Elle est venue pour en apprendre davantage sur York afin que les avocats qui le représentent tentent de lui sauver la vie.

Tante Beth met un moment à se mettre en train mais, ensuite, la dame n'a plus qu'à écouter.

— Je me souviens quand ma sœur a accouché. C'était un joli bébé. Joli comme un cœur. Mais malade, voyez ? On vous a parlé de Shirley, je parie. Je vous dis tout de suite : elle est jamais allée en Angleterre. Elle racontait des histoires. Le bébé a été conçu ici, à Sawmill Falls.

— Et son père ? demande prudemment la dame.

— Qui sait ? Elle couchait avec toute la ville.

Sous ses sourcils gris en bataille, tante Beth jette un regard à sa visiteuse pour voir comment elle réagit. La dame reste impassible. Son cœur ne lui laisse entendre que la chaleur des voix.

— La ville devait être plus peuplée, à l'époque, dit-elle dans un sourire.

— Vous êtes quelqu'un, vous, s'esclaffe la vieille femme.

— Quel genre d'enfant était-il ?

— Il était… drôle. Il disait souvent que ses os étaient en feu. Il tombait souvent malade. Et puis, brusquement, il a changé. (La tante de York fait une pause.) Il était, disons, bizarre. Shirley était incapable d'élever un enfant. On vous l'a dit, non ? Ma sœur avait reçu un coup de sabot de cheval à la tête quand elle était petite et après elle a attrapé une maladie *vérénienne*, vous savez, celle qui monte à la tête.

— La syphilis, dit la dame.

La mère de York avait la syphilis au stade tertiaire, se dit-elle.

— Oui, c'est ça. Moi, Shirley, elle me faisait de la peine.

Quand elle était petite, elle ouvrait les cuisses pour un bonbon. (La tante tousse.) Les hommes de cette ville l'ont pas bien traitée.

Elle regarde par la fenêtre où un morceau de carton remplace un carreau cassé et reprend :

— Pas bien du tout. J'ai essayé de le prendre avec moi à sa naissance, savez. Ça a été la plus grande erreur de ma vie, de le rendre à sa mère, je dis ça même que c'était ma sœur. (Elle se frotte la joue, qui devient toute rouge.) C'est drôle comme ça me revient. Bébé, il était gentil, savez. Un 'tit susucre. Et puis, il est devenu dur. Je peux pas dire autrement. Comme le sucre quand il durcit dans un bocal. Au bout d'un moment on veut le sortir et ça s'est pris en bloc. (Elle étend les jambes.) Oh, ça fait du bien, l'eau. Vous voulez bien remettre le pot sur le feu ? Ça a refroidi.

La dame se lève et met la bouilloire sur la cuisinière graisseuse. Sur un plan de travail recouvert d'un lino cloqué se trouve une boîte à café pleine de saindoux. On y voit la marque des dents d'une fourchette. Il y en a une, sale, posée à côté. La dame jette un regard circulaire : il n'y a rien d'autre à manger.

— À dix ans, c'était devenu un sale gosse, retentit derrière elle la voix de tante Beth. On voyait bien qu'il allait mal tourner.

— Comment cela ? demande la dame en se promettant d'aller acheter des provisions avant de partir.

— Dix ans c'est l'âge qu'il avait quand je l'ai pris chez moi. Une fois de plus, sa mère avait disparu. Elle était comme ça, Shirley, elle montait dans n'importe quelle voiture et, des semaines plus tard, on la retrouvait dans un fossé. Ou bien elle était à l'hôpital pour sa maladie *vérénienne*. Le petit était seul et personne était au courant. Cette fois-là, je l'ai retrouvé chez eux, assis dans un coin, comme toujours. Il mangeait de l'agglo, tellement qu'il avait faim.

La vieille femme regarde sa visiteuse. Comment va-t-elle prendre cela ? La dame sourit avec indulgence, elle en a entendu d'autres, elle en a vécu d'autres, aussi.

— Il voulait quand même pas me suivre. « J'attends maman », qu'il disait. Alors moi : « York, mon chou, viens, je t'achète un, 'tit animal. » C'est comme ça que je l'ai décidé. « Tatie Beth, je veux un lapin, qu'il me dit, un lapin de compagnie rien qu'à moi. Et je l'appellerai Troy. C'est drôle, non ? Troy ! Ah, là là ! » Alors le lendemain je prends la voiture – je conduisais, à l'époque – et je lui rapporte un lapin tout ce qu'il y a de mignon. Une vraie peluche, les oreilles toutes roses, même qu'on voyait les veines par transparence.

La dame est assise, parfaitement calme. Elle écoute.

— Et il l'a appelé Troy. C'est ça qui m'a sciée. Qu'il lui donne un nom avant de l'avoir. Parce que, dès qu'il me l'a pris des mains, il m'a dit : « Je reviens, tatie Beth. » « Où tu vas, 'tit chou ? » Et lui, il sourit juste et il dit : « Dans les bois. » Environ une heure après il revient avec du sang partout, plein les bras, plein ses petites mains, et la fourrure du lapin qui pendait, qu'on aurait dit un manteau de fourrure pour poupée. (La vieille femme ajoute dans un murmure :) Vous savez qu'est-ce qu'il m'a dit ?

— Non, quoi ?

— Il a dit : « On a fait la fête en l'honneur de Troy. »

Bien plus tard, la dame va faire des courses. Elle achète un gros sac de pommes de terre à chair rouge, des haricots et du bacon, des œufs, du café, une boîte de lait en poudre. Se souvenant de son enfance, elle prend des denrées de base : de la levure et de la farine, du sel et du poivre, une bouteille de Tabasco. Elle ajoute un gros savon pour la lessive et un autre au fiel contre les taches. Enfin, pour le dessert, elle prend la dernière boîte poussiéreuse de pêches au sirop du magasin.

Tante Beth est ravie. Elle tient à ouvrir immédiatement la boîte et à répartir les fruits dans deux bols en plastique. Puis, cahin-caha, elle se dirige vers sa minuscule terrasse et les deux femmes s'installent genoux contre genoux pour les manger.

Le soleil se couche au-dessus du petit bois en contrebas et, dans la gorge de la dame, le jus sucré a un goût de miracle.

— Personne vient me voir, dit tante Beth. Vous, vous reviendrez ?

— Je reviendrai.

De plaisir, la vieille femme se jette en arrière dans son rocking-chair tout en dégustant ses pêches.

La dame descend visiter la pièce où York a décidé de mourir. Elle n'a besoin ni de laissez-passer ni d'une quelconque permission. Ce n'est pas un secret. On organise même des visites de groupe.

La Chambre des Lianes se trouve à l'extrémité de notre donjon, au bout d'un couloir étroit dont les murs suintent sans discontinuer et où d'étranges champignons poussent dans les coins. Quand un détenu emprunte ce couloir, il sait qu'il n'y a pas de retour possible. Seuls ceux qui travaillent ici font le trajet en sens inverse.

Pour lui permettre de prodiguer ses prières aux condamnés, le prêtre a son bureau tout près de la Chambre. La prison vient rapidement à bout de ses prêtres. Après avoir assisté à quelques exécutions, généralement, ils s'en vont. La plupart arrivent sans aucune expérience. Ce poste, pour eux, n'est qu'un passage obligé dans leur plan de carrière. Il semble qu'être prêtre dans le couloir de la mort soit une bonne référence. Mais ils sont peu nombreux, ceux qui peuvent durer dans cette atmosphère de mort banalisée. Le directeur se dit que le prêtre déchu a tellement honte d'avoir failli qu'il pourrait bien rester – un ange aux ailes rognées est parmi nous.

La dame passe devant le bureau du prêtre. Elle regarde par le carreau dans l'espoir de le voir, mais il n'est pas à sa table. Bien que la pièce soit encombrée, elle dégage pourtant une impression de solitude. Il y a une plante aux feuilles poussiéreuses qui meurt de manque de lumière. Partout, des livres : débordant des étagères, empilés sur la table. Une tasse à café vide attend.

La porte de la chambre d'exécution est ouverte.

La Chambre des Lianes est exiguë et peinte en orange vif, peut-être pour que ce soit plus gai, mais le résultat donne plutôt envie de vomir. Sur ces pierres éternellement humides, la peinture tombe en lambeaux que l'on balaie avant chaque exécution.

Dans le mur du fond, une grande vitre en verre anti-effraction donne sur la petite pièce réservée aux témoins. Des chaises pliantes sont rangées contre le mur.

Un vieux téléphone mural, d'un noir graisseux, porte une étiquette sale sur laquelle on lit : COUR SUPRÊME.

La dame hume l'air. Bien que des hommes meurent ici, cela ne sent pas la mort. Cela sent le désinfectant et, tout de suite après, l'odeur vaseuse de la rivière.

Elle va toucher la table qui occupe le centre de la pièce. Elle est étroite comme une pierre tombale et couverte d'un film de plastique noir. Cela facilite le nettoyage au cas où les condamnés feraient sous eux, ce qui est fréquent face à la mort. Sur les côtés pendent des sangles. Elles sont en tissu effrangé mais solides comme l'acier. Les boucles métalliques sont rouillées.

Une centaine d'hommes au moins sont morts ici. Elle se demande ce que cela lui fait. Elle constate que cela la laisse indifférente.

Près de la table, la machine à injection létale. On dirait une sorte de placard à fusibles dont la porte serait ouverte. À la place des fusibles, des tubes opaques surmontés de boutons injecteurs. Les tubes alimentent un sac à perfusion d'où sortent les lianes laiteuses qui serpentent sur le sol.

À la base de la machine se trouve une rangée de boutons de contrôle. Ils sont rouges et étiquetés : ARMÉ, INJECTION et FIN.

— Vous trouvez quelque chose ? demande une voix derrière elle.

Elle se retourne, les os liquéfiés par la peur. Elle déteste qu'on la surprenne. C'est le prêtre, pourtant aussi bienveillant que d'habitude. Il porte la même chemise en oxford, le même pantalon qui fait des plis sur ses hanches maigres. Il a un regard angoissé. Elle se demande s'il est conscient de la souffrance que trahissent ses yeux.

Elle effleure la machine, hésite un instant et se décide à dire :

— Vous arrive-t-il de penser qu'ils méritent de mourir ?

— Je suis un prêtre catholique, répond-il avec un petit rire surpris. Ou j'en étais un.

— Nous mourons tous, dit-elle. Certains plus tôt que d'autres, voilà tout.

Il s'approche d'elle pour la regarder bien en face. Le sujet lui tient à cœur, il fronce les sourcils.

— La vie a un sens, déclare-t-il.

Elle se sent plus nue que jamais. Elle pense à York et à sa mère. Elle pense au lapin de compagnie. Les larmes lui montent aux yeux.

— Il y a trop de douleur dans le monde, c'est cela le problème, dit-elle d'une voix étouffée.

— Douleur et beauté, et beauté dans la douleur.

La voix du prêtre est un murmure qui la caresse.

Elle lève la tête vers lui. Leurs regards se rencontrent. Pour la première fois elle se sent reliée à lui. C'est comme un flot de chaleur. Quelque chose d'électrique. Une source chaude qui prend naissance dans son ventre.

Il y a bien longtemps, à l'époque où notre lieu enchanté a été construit, les détenus étaient tués de trois façons différentes. On attendait qu'ils meurent, on les épuisait au travail ou on les pendait.

Cela n'a pas beaucoup changé. Au lieu de les tuer à la tâche, on affame lentement les corps et les âmes. Et c'est une machine qui remplace la corde.

Un jour, j'ai entendu un gardien dire qu'on avait choisi la corde parce que c'était bon marché. Ensuite on était passé aux armes à feu avec peloton d'exécution. Mais le prix des balles avait augmenté et le sang faisait pas mal de saleté. Le sang, la cervelle, qui a envie de nettoyer cela ? C'est alors qu'était apparue la chaise électrique, mais elle non plus n'avait pas tenu ses promesses : elle faisait danser trop de cadavres. Après une exécution, plaisantait le gardien, l'endroit puait le salon de coiffure bas de gamme. Finalement, pour l'élimination propre et facile des condamnés, on a fait appel à des scientifiques. Ils ont inventé la Chambre des Lianes.

Je me demandais souvent qui, précisément, avait inventé cette machine miracle. Puis un jour, à la bibliothèque, je suis tombé sur son nom. Ça a été l'une des rares fois où la lecture m'a déçu. Un nom ne signifie rien, vous voyez, sans les corps qu'il traîne derrière lui, c'est comme un rameur qui descend la rivière, suivi par un flot de cadavres.

Il me semble que dans le monde extérieur, les noms sont porteurs de sens. Une Henriette générera un Samuel qui sera peut-être suivi d'un Dan ou d'une Suzanne. Ces noms sont comme les brins d'une corde, d'une corde de vie, chacun tenant son souffle du précédent. Ils respirent, ils sont vivants. Ainsi l'arbre généalogique produit-il des graines fertiles grâce auxquelles la vie continue.

Ici, c'est la fin des noms. C'est notre fin à nous, comme le point termine la phrase. Comme cela a été un jour la fin des cordes, des balles et des fusils, des brûlants contacts de la chaise à frire et comme il en sera des tubes en plastique opaque. Même si nous mourons de mort naturelle, il n'y a rien après nous.

Personne ne sait cela mieux que les porteurs de cadavres.

Tard le soir, on entend le claquement métallique des roues – crrr clac, crrr clac – et chacun sait ce que cela signifie. Les porteurs arrivent.

Dans leur cellule, les hommes tendent l'oreille jusque dans leur sommeil et le bruit des roues se mêle à leurs rêves. Ainsi, des années après sa sortie, un ancien détenu s'arrêtera net au passage d'une remorque brinquebalante sans comprendre pourquoi il est tout à coup envahi de peur et de tristesse.

Seuls les morts savent qui sont les porteurs – les morts et un gardien du nom de Conroy qui sélectionne les détenus pour ce travail. Il faut que ce soient des gens capables de tenir leur langue, de garder des secrets.

Et ils sont nombreux, ces secrets. Comment se fait-il que des hommes soient retrouvés morts dans leur cellule avec des marques de strangulation ou les cervicales brisées et que les gardiens les déclarent en toussotant « décédés de mort naturelle » ? Comment se fait-il que certains soient tués par balles et que d'autres baignent dans une mare de sang dont il ne reste plus trace à l'aube ? Comment se fait-il que personne ici ne meure jamais de viol ou de mauvais traitements, que les gardiens ne tuent jamais personne ? Comment il se fait que les dossiers... quels dossiers ? Une prison est un endroit qui n'a pas d'histoire.

Presque toutes les nuits, les porteurs sont au travail. Même ici, dans le donjon, je les entends qui poussent leurs chariots grinçants dans les couloirs, au-dessus de ma tête. Et ils descendent jusque chez nous après chaque exécution. La porte claque et les hommes de la section ont si peur qu'ils se tournent face au mur. Mais en réalité il n'y a rien à voir. Sous leur cagoule, leur visage se recroqueville. Si on les touchait ils partiraient en fumée.

Les porteurs font partie des secrets de notre prison. Tout comme ces sous-sols labyrinthiques qui s'enroulent comme de gigantesques serpents attendant d'ouvrir leur gueule brûlante. Comme les mâchoires des grisegoules. Comme les noms dans les registres des morts qui, la nuit, s'échappent de la page et s'envolent jusqu'au ciel où ils transforment les étoiles en lettres lisibles par tous.

Je me demande ce que ressentent les porteurs lorsqu'ils soulèvent les corps et sentent le poids du passage de vie à trépas. Comme c'est étrange que les morts pèsent plus que les vivants. On pourrait penser que c'est l'inverse, et pourtant non. C'est l'âme qui donne au corps sa légèreté, son caractère aérien. Lorsque l'âme le quitte, le corps n'a plus rien et ne souhaite plus que retourner à la terre. C'est pour cela qu'il est si lourd.

Certains plaignent les porteurs. Ils disent qu'une fois que vous vous êtes acquittés de ce travail et que vous connaissez tant de terribles secrets, la prison ne vous laisse plus sortir.

J'aime entendre leurs roues qui grincent, la nuit. J'aime les imaginer traverser les cours poussiéreuses aux premières heures du jour, quand la brume s'élève au-dessus de la rivière, que les oies s'y posent en criant leur bonheur de vivre. Comme cela doit être beau, de sentir le poids des morts tandis que la terre s'offre au soleil et renaît.

York est furieux que la dame ait rencontré sa tante. Il la foudroie de ses yeux d'obsidienne, s'accroche aux barreaux de la cage et elle sent que tout son corps est tendu. Cette colère, cette rage difficilement contenue qui habite tant de ses clients lui est familière. Elle est soudain reconnaissante pour les chaînes, la cage, les gardiens à la porte.

— Je ne vous avais pas autorisée à lui parler, siffle York.

Généralement, tout au long de son enquête, elle a mille égards pour ces condamnés à mort. Elle transforme la cage Dugdemona en château fort où ils règnent en rois. Ils s'y sentent en sécurité et cela les incite à confesser leurs terribles, leurs honteux secrets. Son expérience personnelle lui permet de savoir à quel point le château doit être solide, ses douves profondes, pour qu'un de ces grands enfants puisse avouer au monde ce qu'il a fait. À chaque étape, sans faute, elle leur demande leur permission : est-ce que cela vous va si je parle avec votre mère ? Voyez-vous un inconvénient à ce que je rende visite à votre tante ? Elle sait que ces hommes se sentent impuissants. Dans cette place forte qu'ils construisent ensemble dans la cage, elle leur donne du pouvoir.

Mais l'exécution de York est déjà programmée. Elle n'a pas le temps de le convaincre. Et d'ailleurs, il lui a dit qu'il voulait mourir. Elle s'est donc dispensée de lui demander son autorisation. Elle comprend maintenant qu'elle a fait une erreur stratégique. Avant tout, elle a besoin qu'il coopère.

— Je regrette d'avoir fait les choses dans votre dos, s'excuse-t-elle.

— Qu'est-ce qu'elle a dit, ma tante ? demande-t-il d'une voix blanche.

— Qu'elle vous aimait quoi que vous ayez fait.

Il lâche les barreaux. Ses yeux noirs se font plus doux.

— Tatie Beth… dit-il.

— Elle m'a raconté, pour le lapin.

Il la regarde sans un mot. Il a retrouvé son assurance. Tuer, c'est son rayon.

— Qui était Troy ? demande la dame.

Cette fois, le regard d'oiseau de proie s'affole. Il repousse les barreaux et, en un éclair, elle le reconnaît, ce malaise abyssal, triste écho de son passé à elle. Elle ne l'entend qu'ici, face à un détenu enfermé dans la cage. Elle sait ce qu'il lui reste à faire.

La seconde visite à tante Beth tombe un samedi.

La dame aime rouler le samedi. Il y a peu de circulation, on se sent en week-end. Probablement parce que c'est le week-end, ironise-t-elle.

Le trajet est encore plus agréable que la dernière fois. Il lui semble qu'elle pourrait passer le reste de sa vie à s'abreuver au bleu de ces forêts. Lorsqu'elle se retrouve face à la chaîne des lacs, elle retient son souffle. Elle s'arrête au même endroit pour admirer leur surface resplendissante et les grands arbres qui les bordent. Elle écoute le bruissement d'une forêt vivante : le chant des oiseaux, le vent dans les hautes branches, l'eau qui lape les berges.

Elle comprend pourquoi on peut « tomber amoureux »

d'un endroit. Si ce n'est pas vraiment de l'amour, c'est du moins un sentiment de paix. Elle respire à pleins poumons et laisse toute cette beauté purifier son âme. Un peu plus tard, elle s'arrête à une petite boulangerie puis à une épicerie à peu près correctement approvisionnée.

Tante Beth est ravie de la revoir. La dame a encore fait des courses – *Vous n'auriez pas dû !* La vieille femme repère un sachet taché de gras d'où émane la divine odeur de donuts tout frais.

Elle mange son gâteau la tête penchée et s'essuie le coin des lèvres. Les deux femmes ont beaucoup à se dire. Elles parlent de cuisine. Dans le temps, tante Beth faisait elle-même son pain. Elles parlent d'enfants. Beth n'en a pas eu. Elle est restée célibataire.

— C'est peut-être ma sœur qui m'a dégoûtée de tout ça, explique-t-elle.

Elles parlent de la honte, de la vie, et du jaune orangé d'un bon œuf de ferme.

La dame aussi parle un peu d'elle. C'est curieux comme elle est à l'aise avec la famille de ses clients. Elle leur raconte des détails de sa vie qu'elle tairait à ses collègues. Elle sait que tante Beth comprendra. Elle sait aussi qu'une fois la digue rompue, la vieille femme lui fera des confidences.

Le moment venu, elles abordent le sujet de la mère de York.

— C'était une mignonne petite sœur, Shirley. J'étais l'aînée, mais pas de beaucoup. Ah, c'était le bon temps ! Un vrai défilé de poids lourds, sur les routes. Un seul arbre suffisait à remplir un camion. De nos jours on protège tout, les chouettes, les arbres. Enfin, ils ont peut-être pas tort parce qu'il reste plus grand-chose, par chez nous. Rien que de la broussaille et du sumac, comme ici, voyez. Il y avait du monde en ville, à l'époque.

Elle se tait, pensive. Son regard s'échappe vers les nuages.

— Ça a commencé avec le coup de sabot. On ne savait pas quoi faire, en ce temps-là. Pas de radios, rien. Juste des pansements. C'est comme quand elle a attrapé la maladie *vérénienne*. Le médecin du coin, il a rien fait pour la soigner, dit Beth avec une certaine hargne. Quand mon neveu est né, tous les hommes de la ville lui étaient passés dessus. Y a des choses dont je veux pas parler. C'était comme si toute la ville, enfin, tous les hommes, perdaient la tête. Et les femmes rigolaient et laissaient faire. Même dans ma famille.

La dame regarde le visage ridé sur lequel roule une larme.

— Et vous savez pourquoi ? reprend la vieille femme.

La dame fait non de la tête.

— Elle était très belle, voilà pourquoi. J'ai une photo.

Tante Beth se met péniblement debout sur ses pieds gonflés et chemine jusqu'à la pièce principale. Elle ouvre un tiroir déglingué et en sort une photographie jaunie. Elle la tend à la dame comme si c'était un vrai trésor.

Celle-ci la prend avec respect. Elle y voit en noir et blanc une belle jeune femme à la peau pâle, aux grands yeux et aux cheveux soyeux et bruns. Il y a quelque chose de déconcertant dans son regard inexpressif. C'est un regard étrange mais on peut y lire comme une invite. Prends-moi, disent ces yeux, je suis aussi creuse et profonde que les lacs émeraude que tu vois de chez toi.

Un petit garçon est assis sur les genoux de la femme. La dame réalise qu'il s'agit de York, il est si jeune, si innocent, comment pourrait-il devenir un meurtrier ? Cela faisait vingt ans que cette photo, la seule de lui enfant, était cachée dans la cabane. Avant, il était un démon sans passé. À présent, on sait qu'il a été un enfant.

La dame comprend ce que Beth voulait dire, il était doux comme le sucre avant de devenir dur. Il avait un sourire timide, plein d'espoir. Peut-être le photographe lui avait-il promis un bonbon.

— C'était rien qu'un bébé, à l'époque, dit la tante. Avec ses drôles de dents.

— Si vous êtes d'accord, dit la dame prudemment, je pourrais l'emprunter et en faire une copie.

— Bien sûr, je vous fais confiance, dit Beth en allant chercher une vieille enveloppe pour protéger la précieuse photo. Moi je les aime, les gens qui savent choisir les donuts !

Et les deux femmes se mettent à rire.

Elle a encore le temps de retourner à Sawmill Falls avant l'heure du dîner. Elle a un peu la nausée à cause des donuts et du café de tante Beth, léger mais amer comme chicotin. Une fois qu'elles l'ont eu bu, celle-ci lui a dit, avec une lueur espiègle dans le regard, que par souci d'économie elle réutilisait le marc.

— Je le garde dans de l'eau chaude, a-t-elle précisé.

La petite ville est déserte, poussiéreuse. Elle passe devant l'unique magasin qui, bizarrement, possède tout un rayon de boîtes de préparation pour gâteau, couvertes de crasse et périmées depuis des lustres – si toutefois de telles mixtures périment jamais. Elle marche un peu au hasard, le grondement de la rivière en bruit de fond. Comme il n'y a qu'une rue, elle ne peut pas aller bien loin.

Lorsque la scierie a fermé et que l'économie locale s'est effondrée, les habitants ont apparemment cherché d'autres moyens de gagner de l'argent. Dans la courte rue principale, des panneaux de bois indiquent « Le Palais des perles » et « Cadeaux de la nature ». La dame a remarqué que les magasins de perles sont un indicateur infaillible de catastrophe économique. Elle en scrute la devanture passée à la chaux et distingue des étagères vides et les branches en velours d'un présentoir à colliers de pacotille.

Plus bas, elle découvre un petit bâtiment de brique aux fenêtres barricadées. Une pancarte dont une des planches se balance indique qu'il a jadis abrité une poste, un cabinet médical et un cabinet d'avocats.

C'est donc vrai, la petite ville a connu son heure de

gloire. La dame imagine les bûcherons débarquant là après des semaines passées dans les dortoirs de la compagnie forestière, dans l'idée de s'offrir une bonne cuite, et les paysans timides, un peu perdus, venus de loin chercher leur courrier. Elle voit les mères de famille qui font la queue à la poste pour envoyer leurs cartes de vœux et les enfants sautillant d'un pied sur l'autre, tout excités à l'idée du catalogue de Sears qu'ils vont feuilleter jusqu'à Noël. Elle se représente les jeunes couples qui viennent en ville avec leur nouveau-né pour que le docteur les pèse, les mesure et les vaccine.

Elle imagine aussi Shirley qui déambule dans la poussière de la grand-rue, en robe sale, et s'offre comme une fleur, plantant joyeusement son regard vide dans celui des passants. Bien sûr que les femmes devaient la détester. Pour elles, Shirley avait choisi sa vie, elles ne voyaient pas les ravages derrière son beau visage.

La dame se rend compte qu'elle s'est arrêtée et qu'elle s'est retournée. Elle ne sait pas pourquoi. Elle contemple fixement la pancarte qui brinquebale. En contrebas, le torrent est tumultueux. Dans ce genre de moments, les bruits lui parviennent comme de très loin, le film de sa vie tourne à l'envers, dans une sorte de vortex temporel.

Elle inspire profondément la poussière ambiante et, par bonheur, les choses s'arrangent sans qu'elle tombe à genoux, en proie à une évidente crise de déjà-vu, ce qui est toujours gênant.

C'est la pancarte : elle porte le nom du médecin local. Dr Hammond.

Depuis plusieurs jours, elle a une idée en tête. La mère de York était la traînée du coin, la fille au cerveau malade qui ouvrait les cuisses pour une petite pièce.

Tous ces hommes, et un seul enfant ?

La dame est presque arrivée chez elle et s'aperçoit que des heures ont passé. Elle ne s'est même pas rendu compte qu'elle avait quitté les petites routes pour les nationales. La nuit est tombée depuis longtemps. Elle sort d'une profonde rêverie.

Elle s'est revue, enfant, sous les buissons de son petit jardin. C'était son refuge secret. Cette haie de vieux lauriers formait une véritable grotte. Elle y emportait des choses, un morceau de tissu agréable à toucher, une théière de dînette ébréchée. La plupart du temps, c'est surtout elle-même qu'elle y abritait.

À quoi pensait-elle durant ces heures passées à l'abri des arbustes ? À l'époque, elle savait rendre son monde imaginaire si réel qu'elle en garde encore la saveur aujourd'hui. Parfois, elle rêvait que sa mère et elle vivaient sur une île fabuleuse où les arbres croulaient sous les fruits. D'autres fois, qu'elles voyageaient à travers le monde, juste elles deux, comme de grandes amies. Dans tous ses scénarios, sa mère était parfaitement normale et elle, en sécurité. Lorsqu'elle sortait de ces buissons, elle redressait les feuilles pour préserver le secret de sa cachette. Et le lendemain, lorsqu'elle revenait, avec un sandwich au beurre de cacahuète dont elle avait ôté la moisissure, son monde magique l'y attendait.

Elle se demande si York avait lui aussi un monde imaginaire. Un ailleurs, loin de la douleur et de la terreur de sa vie. Elle se demande s'il avait quelque part où sauvegarder la précieuse pépite de son être ou bien s'il affrontait, nu et absolument sans défense, tout ce qui passait la porte de la maison de sa mère.

Maintenant, quand je lis un livre, je le tiens juste sous l'ampoule au-dessus de mon lit. Sous son grillage, l'ampoule éclaire mal. Mais je peux m'asseoir de façon à capter un peu de lumière. Ma vue baisse. Parfois, je dois plisser les yeux pour distinguer les mots.

Il y a longtemps, à la bibliothèque, je m'asseyais à la table, la tête sous un nuage. Les particules de poussière volaient vers la fenêtre pour former comme un halo au-dessus de moi, ou la présence de Dieu, dans la lumière du soleil.

J'ai longtemps cru que ces minuscules paillettes étaient des êtres vivants à la limite du visible, un goût à peine perceptible sur le bout de la langue. De petites créatures divines, peut-être, comme des étincelles avant l'apparition de la vie ou bien la poussière qui s'échappe des cheveux d'un mort. Je m'arrêtais alors de lire et je penchais la tête le plus loin possible en arrière pour les regarder tournoyer au-dessus de ma tête. Les autres détenus se donnaient des coups de coude en me montrant du doigt, mais cela m'était égal.

Plus tard, j'ai lu quelque part qu'il y avait en effet en nous des choses trop petites pour être vues, des choses qui échappaient même parfois au microscope. Cela m'a donné à penser : s'il y a en nous des choses trop petites pour être vues, ne pourrait-il pas y en avoir hors de nous de trop énormes pour être crues ?

J'avais neuf ans quand je suis arrivé à l'hôpital. La police avait fait une descente dans l'hôtel sordide où nous habitions ma mère et moi. Il leur avait suffi de passer la porte. Je me rappelle qu'un des hommes avait recouvert mon corps nu de son anorak bleu avant de m'emmener jusqu'à sa voiture.

On m'a placé dans une famille d'accueil mais je fuguais sans cesse. Je voulais retrouver ma mère. Finalement, mes parents adoptifs ont renoncé. Personne ne voulait d'un garçon qui ne parlait pas, qui poussait des grognements assis dans son coin et qui tentait de s'ouvrir le ventre avec un rasoir.

HÔPITAL D'ÉTAT POUR MALADES MENTAUX, lisait-on gravé au-dessus de l'entrée principale. À l'époque, il y avait un service pour enfants. C'était une haute bâtisse au crépi peint en rose pisseux sur lequel les barreaux avaient coulé en longues larmes de rouille. En pleine nuit, nous traînions nos matelas jusque dans le couloir pour que les lumières provenant des fenêtres situées aux deux extrémités éclairent ce que les surveillants refusaient de voir.

C'est dans cet établissement qu'on a décrété que je souffrais de mutisme sélectif. Toutes sortes de mots ont été prononcés : associable, comportement, syndrome. Je n'étais pas d'accord, et je ne le suis toujours pas aujourd'hui. On plaque des mots sur les choses qu'on ne comprend pas. On essaie d'enfermer les gens dans des bocaux, comme des fœtus morts.

Je suis resté là pendant près de dix ans. Je m'étais habitué à l'endroit, aux bruits des canettes de soda dégringolant dans la machine, le soir, lorsque l'équipe de nuit prenait son service, à la lumière électrique toujours allumée dans les pièces blanches, aux sangles et à l'odeur de pisse quand on ne pouvait plus se retenir, aux mois entiers disparus dans l'haldol, aux étranges rêves sous thorazine, aux terreurs nocturnes, aux défilés des thérapeutes, des psys et des médecins qui, avec leur haleine lourde de café et de stress, leurs doigts graisseux sur mon dossier, me promettaient qu'ils seraient toujours là alors qu'immanquablement ils disparaissaient pour n'être plus qu'un unique et vague visage.

Et puis, un jour, j'ai eu dix-huit ans et on m'a dit : « Bon. Tu t'en vas, maintenant. »

On m'a appris que jusque-là j'avais été pupille de la nation. À présent que j'étais majeur, il n'y avait plus personne pour payer pour moi. On m'a donné mon dossier et on m'a raccompagné jusqu'à la porte. J'en ai franchi le seuil, sous l'inscription gravée, et j'ai suivi une longue allée bordée d'arbres. Il y avait du vent, il faisait froid, ce jour-là. Un jardinier m'a indiqué le chemin de la ville.

Une bourrasque a froissé les papiers que je tenais. J'ai ouvert la main et je les ai laissés s'envoler.

Je me suis arrêté à la première habitation venue, une

petite ferme avec un fil à linge à l'arrière et une fenêtre où voletait un rideau blanc.

La dame met une semaine à localiser le médecin retraité, Dr Hammond de Sawmill Falls. Elle est consciente que le temps passe et qu'elle n'avance pas. York jubile. Chaque jour sans résultat, lui a-t-il dit en souriant de toutes ses dents fendues, est comme une pièce de monnaie dans la tirelire de sa mort.

La date de l'exécution est entourée en rouge sur le calendrier de la dame. Elle a pris l'affaire en mai et on est déjà presque fin juin.

Le Dr Hammond s'est retiré dans une cité-dortoir de la banlieue de la ville où vit la dame. Les maisons sont toutes pareilles, perchées en rangs bien sages sur les pentes des collines, leurs jardinets moribonds vaguement délimités par quelques arbustes.

Il n'a pas l'air ravi de la voir. Heureusement, cela lui est égal.

Elle craignait qu'il ne soit mort mais non, il est seulement plus vieux que tante Beth et tout flageolant. L'air contrarié, il flageole jusqu'au salon obscur puis jusqu'au placard à bouteilles. En flageolant, il va chercher un verre propre qui se révèle crasseux. Il flageole à travers toute sa maison qui pourrait être une maison de poupée pour bigots. Une crèche décore le dessus de la cheminée. La dame est fascinée par les objets que les gens exposent chez eux.

Elle en est venue à penser que les lieux de vie des êtres tristes ou haineux dégagent une odeur particulière. Cette tristesse, cette haine s'expriment sous forme de miasmes. Chez le Dr Hammond, on a l'impression qu'une sorte de poison se distille lentement dans l'air depuis des années. Elle est tout à coup certaine que si elle soulevait les meubles, elle découvrirait des couches de gros insectes noirs écrasés.

De but en blanc, il déclare qu'il ne sait rien. Il ne se souvient de rien. Il pourrait participer à une émission de télévision sur l'amnésie.

— Je ne connais pas cette femme, répète-t-il.

La dame se demande si le témoignage de tante Beth concernant sa sœur et son petit garçon suffira à convaincre le juge d'épargner la vie de York, surtout lorsqu'il saura que le détenu désire mourir. Non. Dans un cas comme celui-ci, il faut décrocher la timbale, trouver quelque chose d'irréfutable capable d'inverser le jugement précédent.

— Non. Jamais entendu parler d'elle, dit-il en portant son verre à la bouche d'une main tremblotante.

Menteur, pense-t-elle. Elle a envie de balancer des grands coups de pied dans ses tibias maigrichons. D'envoyer valdinguer la crèche et de la jeter dans la cheminée factice. Elle n'en fait rien mais dirige, pleins phares sur lui, la lumière de son empathie. Vous êtes l'araignée d'eau à la surface de la vie, docteur Hammond, et je suis le poisson qui vient chercher sa nourriture.

— Cela n'a pas dû être facile, d'être médecin dans cette petite ville, dit-elle d'une voix douce.

— Pardon ?

— Tous ces gens qui venaient vous voir avec leurs problèmes... (Son regard se fait caressant.) Pour la plupart c'étaient, disons, des ploucs, des gens pas trop malins. Et vous, vous étiez médecin.

Il semble un peu interloqué.

— Je ne me souviens pas de la dame en question.

— Non, évidemment. Ne faites pas attention. Je dois confondre.

Peu à peu, prudemment, elle fait machine arrière.

— Je sais ce que c'est que d'être la seule personne qualifiée parmi des ignorants. La seule personne à comprendre, ajoute-t-elle.

Tu parles ! pense-t-elle. Tu as eu du mal à finir le lycée, puis la petite université locale. Tu n'avais aucune idée de ce que tu voulais faire dans la vie. Tu t'es retrouvée à faire ce métier parce que tu savais ce que c'était de vivre comme Shirley, comme York et comme tous leurs semblables.

Pourtant, sur le moment, elle a toujours l'impression de dire la vérité. Son enfance lui a appris à faire semblant d'être comme tout le monde. C'était une question de survie. Il s'agissait de rester vivante tout en protégeant le cœur intact et pur de son être.

À présent, le docteur la regarde bien en face. Ses yeux sont injectés de sang.

— Cela n'a pas été facile, reconnaît-il. J'avais des diplômes, vous voyez. J'étais médecin, moi.

La dame sourit, s'adosse tranquillement à sa chaise. Le voyage dans le passé va commencer. Elle va l'accompagner, elle verra ce qu'on peut y trouver.

Cela prend des heures, mais le Dr Hammond finit par lâcher l'information dont elle a besoin sans même s'en rendre compte. Il lui dit qu'au moment de prendre sa retraite – une date digne, selon lui, d'être communiquée au Vatican –, il a adressé les quelques patients qui lui restaient à un collègue d'une ville voisine. Et toutes ses archives ont suivi.

La dame attend son tour devant le vieux détecteur de métal, un truc à vous donner le cancer, plaisantent les gardiens. À en juger par le sifflement menaçant de l'antique machine, elle n'est pas certaine que ce soit une plaisanterie. Les fenêtres du hall de la prison sont blanches de crasse, les sièges en skaï usés et éventrés. Le gros auxiliaire est en train de réparer, une fois de plus, le distributeur de soda. Il jette un regard au badge qui pend au cou de la dame et son visage se ferme.

Le prêtre arrive, il ôte ses mocassins. Elle sourit en voyant ses pieds nus. Étonnant qu'on tolère cela.

Il attend son tour derrière elle, douloureusement conscient de sa présence. Un champ électrique d'une dizaine de centimètres les sépare. Il baisse les yeux, regarde ses omoplates saillantes, son dos mince, les rondeurs sous sa jupe. L'auxiliaire a un sourire ironique.

On fait signe à la dame de passer. Elle n'a rien de métallique sur elle, ni bijoux, ni montre, ni téléphone, ni stylo ou pinces à cheveux. Elle ne tient qu'une feuille de papier.

Le prêtre sort de ses poches quantité d'objets hétéroclites : des trombones, des clés orphelines, des cartes magnétiques, un vieux portefeuille avachi. Il remplit le plateau de plastique et le rouge lui monte aux joues. Il peut passer. La dame sourit en le regardant remettre tout cela dans ses poches.

Ils suivent un long corridor très pentu qui mène jusque dans les entrailles du Bloc A où un autre gardien les attend pour leur faire franchir une série de portes verrouillées. Ensuite, ils plongent de plus en plus profondément dans la prison, jusqu'aux dernières marches qui descendent dans notre donjon.

Les verrous s'ouvrent et se referment dans un bruit de tonnerre ; la dame se tait. Elle tient la lanière de son badge contre sa poitrine comme un talisman. Les gardiens regardent le prêtre d'un air méprisant. Face à la dame, ils sont plus circonspects. Le directeur les a prévenus qu'elle ne leur voulait pas de bien.

Le prêtre marche aux côtés de la dame. Il ne perçoit que son odeur d'air frais et de savon.

Ils sont presque arrivés quand elle semble s'apercevoir de sa présence et se tourne vers lui. Elle est dans le donjon, et lui avec elle, mais que faire de ce corps chaud au milieu de ces morts en sursis ? Elle ne peut pas tous les sauver et elle sait que les sons qu'ils produisent derrière leurs barreaux, leur respiration, leurs ronflements, leurs appels au secours ne sont qu'offrandes pathétiques face au temps qui s'écoule. Il ne faut pas qu'elle commence à se demander qui, dans ces sous-sols, va vivre et qui va mourir ; cela l'anéantirait.

Le prêtre semble comprendre, sans mot dire. Ses yeux sont posés sur elle comme s'il essayait d'extirper quelque chose de sa propre poitrine. Comme s'il priait non pour les morts mais pour quelqu'un à qui, peut-être, il n'est pas indifférent.

— Je ne signe pas ça, dit York.

Il regarde la demande de transfert pour raison médicale que la dame tient à la main.

Elle s'approche de la cage. Pas suffisamment pour qu'il puisse la toucher, mais presque.

— Je sais que vous voulez mourir, dit-elle d'une voix calme et ferme. Je respecte votre choix.

— Vous n'avez pas besoin de ce papier, alors, dit-il en lui coulant un regard sombre.

Elle regarde le formulaire puis leurs yeux se rencontrent. Tous deux sont frappés par leur ressemblance : deux elfes des bois qui se faufilent parmi le trèfle et la fougère. Ils pourraient être frère et sœur.

— Vous savez ce que j'essaie de faire, dit-elle. J'essaie de vous sauver de l'exécution. Et, contrairement à la plupart de mes clients, vous ne voulez pas être sauvé. Mais j'y tiens, moi.

— Pourquoi ? Parce que vous m'aimez ? (Son ton est sarcastique.) Parce que ça vous tient à cœur ?

— Non.

Elle note que sa voix reste parfaitement calme.

— Pourquoi, alors ?

— Parce que c'est mon travail.

Pour la première fois, elle voit s'éclairer ses yeux sombres. Cet homme a dû avoir un certain charme, malgré son petit corps difforme, les femmes ont dû y être sensibles. Et il leur a fait des choses épouvantables. C'étaient des femmes de chair et d'os, des femmes comme elle.

Il éclate de rire de toutes ses drôles de dents.

— Donc ça n'a rien à voir avec moi. Ah, vous n'êtes

pas comme tout le monde, vous. On me l'avait dit, et c'est bien vrai.

Elle se penche vers lui.

— Je vais vous construire un château fort.

— Ah bon ? fait-il, amusé.

Son expression change en la voyant s'approcher de lui, si près qu'il pourrait l'agripper. Mais elle a l'air de penser qu'il ne le fera pas et elle a raison. Il lit la détermination dans ses yeux.

— Nous n'avons pas beaucoup de temps.

Avec la même fermeté, il lui répond :

— Je continue à vouloir mourir.

— Je sais.

Elle repart pour le pays bleu avec l'espoir que l'enquête rebondisse. Cette fois, elle emporte un petit sac : elle va prendre son temps et trouver une chambre pour la nuit. Ou même un chalet au bord d'un des lacs émeraude. Elle s'étonne que cela la rende aussi heureuse.

La ville s'appelle Squiggle Creek. Ce n'est pas très loin de Sawmill Falls. Elle roule sur des routes sinueuses et, au bout de quelques kilomètres, l'impression de déjà-vu s'intensifie au point qu'elle pense ne jamais pouvoir retrouver le chemin du retour. Elle n'aurait rien contre l'idée de se perdre dans ces forêts.

Le dernier docteur est mort, mais il a laissé ses dossiers à sa fille qui tient un café-boulangerie dans la maison même où son père avait son cabinet. Par chance, elle a remisé ses archives médicales dans le grenier.

— Je me dis toujours qu'il faut que je m'en débarrasse, déclare-t-elle en hissant ses larges hanches sur l'échelle de meunier bancale.

Une heure plus tard, la chemise pleine de poussière, la dame tient deux minces dossiers portant chacun un nom mal dactylographié et un sachet de papier contenant le sandwich à la dinde qu'elle a acheté chez la fille du docteur.

Celle-ci a jeté un regard apitoyé à sa frêle silhouette et lui a ajouté une bonne couche de sauce blanche.

La dame sort de la ville et s'arrête au bord de la rivière. Elle traverse un petit pont et descend prudemment jusqu'à la berge où le cours d'eau forme une profonde cuvette. Elle s'assied sur un rocher pour manger son sandwich. Dès la première bouchée, elle constate avec étonnement qu'il contient de vrais morceaux de dinde accompagnés d'une savoureuse sauce aux airelles, tout cela entre deux épaisses tranches de pain blanc fait maison. Contrairement à d'habitude, elle trouve ce repas nourrissant. Elle finit son sandwich en regardant les alevins qui viennent suçoter les galets. L'eau pure et tourbillonnante lui fait penser à la soif et à la faim qu'elle ressent depuis toujours – si elle pouvait nager dans cette rivière et se laisser emporter pour toujours, elle retrouverait son intégrité.

Un homme descend vers la berge. Il est grand et mince, il a des favoris grisonnants, porte un vieux jean et des bottes de bûcheron usées. Il tient une canne à pêche et un pack de bière.

Il lui adresse un sourire simple, un sourire chaleureux de campagnard et lui dit :

— Bon après-midi !

— Bon après-midi. Où va cette rivière ? demande-t-elle.

— Là où elles vont toutes, je dirais.

— Et où vont-elles ? insiste-t-elle en souriant.

— Aux lacs.

Elle se lève et époussette les miettes de son pantalon. La pierre était froide, elle se frotte les fesses.

— Les gens d'ici ne leur donnent pas de nom ?

Il a l'air amusé.

— Non, madame, on dit juste les lacs.

— Pourquoi ça ?

Elle pose la question sur un ton léger mais il lui semble

tout à coup primordial de connaître la réponse et elle ne doute pas que cet homme des bois va la lui donner.

— Eh bien, m'est avis que certaines choses n'ont pas besoin de nom, vous croyez pas, madame ?

Elle sourit et c'est comme si tout son être s'ensoleillait.

— Si.

L'homme lui répond par le même grand sourire.

— Il y a des choses qui n'ont pas besoin de nom, confirme-t-elle.

Elle repart en direction des lacs ; la nuit tombe et elle a mal à la tête à force de conduire sur ces routes sinueuses. Elle est persuadée qu'elle ne va pas trouver d'endroit où dormir et qu'elle va devoir continuer à rouler dans les bois. Et puis elle voit l'enseigne au néon d'un motel qui propose des chalets au bord de l'eau.

Elle s'arrête sur le petit parking. En sortant de la voiture, elle tremble presque. Elle est submergée par l'émotion. Elle descend jusqu'à la rive. Le lac émeraude s'étend à ses pieds, les derniers rayons de soleil dorent les petites crêtes de l'eau. Une brise fraîche apporte des effluves de pin et de cèdre, d'eau et de poisson, de végétaux aux racines profondes, toute la densité des forêts environnantes. Elle croit entendre ces étendues bleues lui dire « respire » et elle a envie de répondre « oui ».

Une vieille femme à l'accent grec qui lui arrive à l'épaule lui donne la clé. À côté du registre, sur une petite étagère écornée, elle a disposé un choix de sucreries emballées dans du papier paraffiné.

— Vous prendrez bien un petit quelque chose ? demande-t-elle.

Avec la clé, elle lui tend un gâteau gros comme la paume de la main. La situation prend un tour irréel et la dame se demande si elle n'a pas déjà vécu cette scène. Mais non. C'est la toute première fois qu'elle fait cette expérience :

elle a l'impression d'être à sa place. C'est un bon endroit, lui dit son corps.

Le chalet ne date pas d'hier, mais il est propre. On sent que quelqu'un y a vraiment fait la poussière et a secoué le quilt cousu main. À peine assise sur le lit accueillant, elle ressent le besoin urgent d'appeler le prêtre. « Rentre à la maison », a-t-elle envie de lui dire. C'est la première fois qu'elle éprouve un tel élan.

Elle allume la vieille télévision et zappe sans obtenir autre chose qu'un écran neigeux avant de se souvenir qu'on ne capte ici que trois chaînes. Elle l'éteint. Assise au bord du lit, elle mange son gâteau tout croustillant de miel et de noix. Elle entend le cri d'une chouette, un craquement de branche dans un fourré, une télévision dans une autre chambre, la voix d'une femme et le bruit de l'eau qui vient lécher la rive. Elle s'allonge, elle pense à la haie de lauriers de son enfance, au monde magique qu'elle recelait. En sombrant dans le sommeil, elle se dit qu'elle ne pourrait avouer à personne qu'aujourd'hui encore elle rêve d'un lieu où elle se sentirait pleinement elle-même.

De retour en ville, dans son appartement sinistre, la dame lit les dossiers médicaux de York et de sa mère. Quand ils apprendront la nouvelle, les avocats seront contents.

Ce qu'ils ne savent pas, c'est à quel point la découverte d'un poison peut vous donner la fièvre.

Il est rare qu'un de ses clients recouvre la liberté – c'est un mythe. Elle n'a guère eu qu'un seul client innocent. Les autres sont coupables. Peut-être pas de tout ce dont on les accuse, mais ce qui est retenu contre eux est suffisamment grave. Dans bien des cas, on les soupçonne de pire encore, mais sans pouvoir le prouver.

En fait, le rêve d'un détenu dans le couloir de la mort, c'est d'échapper à l'exécution et de passer le reste de sa vie derrière les barreaux, non plus dans le donjon mais dans la section générale. Il veut que sa mère puisse venir le voir et le toucher. Il veut sortir au soleil, jouer au ballon, partager ses repas avec d'autres détenus, voir le ciel, sentir le vent sur sa peau. C'est cela, son rêve. Certains le jugeront modeste mais, pour lui, c'est un rêve fou, très difficile à réaliser de là où il se trouve.

C'est en tout cas ce que voulaient tous ses clients, à l'exception de York.

La dame pense à la belle jeune fille qui, depuis ses onze ans, va de « fausse couche » en « fausse couche » jusqu'au jour où, par miracle, elle échappe à l'hameçon du Dr Hammond parce qu'il est trop tard pour intervenir et accouche, à seize ans, d'un petit garçon. Au bas du certificat de naissance de York, le docteur a griffonné *stérilisée*. Pas de formulaire de consentement ni de signature.

Shirley ne savait sans doute même pas ce qui lui était arrivé – et qui allait permettre aux hommes de la ville de la baiser en toute impunité. C'était une enfant, elle montrait des signes évidents de lésions cérébrales et de la maladie vénérienne qui allait l'emporter. Mais au lieu de lui venir en aide, on se l'est passée de main en main comme un jouet cassé.

Et dans les faits ? Ça a forcément été une sombre période pour la petite ville. Peut-être une cause de son déclin, au même titre que la fin de l'exploitation forestière. En quittant discrètement Sawmill Falls, les hommes indignes et les femmes outragées laissaient derrière eux une Shirley défaite, errant dans les rues, un petit garçon malnutri dans les bras.

Quant au petit York, son dossier médical était succinct, à croire que le Dr Hammond n'avait pas de temps à perdre avec les enfants indésirables. Mais chaque courte phrase racontait une histoire terrifiante. Luxation des hanches à l'âge d'un an – comme si quelqu'un l'avait pris pour une petite grenouille et avait pesé sur lui de tout son poids. Symptômes étranges et erratiques. Brûlures sur les bras à deux ans. Mycose humide et grisâtre autour de l'anus pendant presque toute sa troisième année. *Ne répond pas au soufre*, note le médecin qui semble renoncer à tout traitement : la mycose finira par disparaître d'elle-même. Touffes de cheveux arrachées. Surdité partielle inexpliquée. Orteils cassés, lacérations, doigts brûlés.

Le tableau même de la maltraitance.

Et chaque fois, le bon docteur panse le fils de la pute locale et le renvoie à son enfer.

La dame dort, elle rêve, elle fait des rêves terribles qui l'éveillent en sursaut. Elle se rend compte qu'elle a crié dans la nuit vide. Les cauchemars sont de retour. Elle voit luire des couteaux, tomber du ciel des hommes dans des wagons à bestiaux. Elle rêve d'adultes couchés sur des enfants, leurs petites cuisses écartelées. Les petits sont dépecés, on brandit les lambeaux de peau comme des fanions. Elle se retrouve dans son lit d'enfant humide, épiant le bruit des pas qui approchent dans l'obscurité.

Un homme se tient près de son lit. Il prend les traits de York. Il tient un couteau.

« Œil pour œil », dit le York du rêve en tailladant dans sa chair. « Œil pour œil. »

C'est toujours comme cela. Elle fait ces cauchemars grouillants d'horreurs chaque fois qu'elle est plongée dans une affaire et qu'elle commence à cerner le criminel. Elle devient son cœur, sa famille, sa victime.

Elle pense à la mère de York, se retourne sur son oreiller trempé de larmes et embarque dans un nouveau rêve.

Il y a des années de cela, quand j'étais dans la section générale située bien au-dessus de ce donjon, j'avais une petite fenêtre. Un bonheur, cette meurtrière aux barreaux de fer, qui dispensait un peu d'air et, si je me hissais à la force de mes bras douloureux, je parvenais à voir le ciel.

En bas se trouvait la cour que j'évitais. Pendant la journée, j'entendais le bruit du métal qui s'entrechoque et les braillements de mes persécuteurs. Je restais tapi sous la fenêtre, persuadé qu'ils pouvaient me voir à travers la pierre.

Mais le soir, cette vue m'offrait la liberté. Cet appui de fenêtre me transportait jusque dans mon paradis. Au crépuscule, quand la cour se vidait et qu'il ne restait plus que des ombres mouvantes, je voyais le monde comme il était vraiment.

Tandis que la nuit tombait, me parvenait le bruit des détenus se rendant au réfectoire, aux douches ou à leurs différentes activités, le tumulte étouffé de milliers d'hommes se frayant un chemin entre nos murs. La fraîcheur et la sérénité retombaient alors sur la cour déserte.

Je prenais place sur mon perchoir et, me remémorant les livres que j'avais gravés dans mon cœur pour oublier la douleur et la tristesse de mon corps, je regardais en bas. C'était si beau, cet espace envahi d'ombres légères. Dans la lumière qui déclinait, le sol poussiéreux m'apparaissait comme recouvert de neige fraîche, le terrain de base-ball luisait, les miradors s'effaçaient et les gardiens tenaient leur arme comme un jouet.

Le soleil descendait à l'horizon, le ciel se teintait de mauve puis se couvrait et des étoiles scintillaient à peine dans la pénombre ; la cour, absolument vide, semblait attendre. Une dernière lueur flottait dans l'air puis la nuit tapissait le ciel de noir.

C'est alors qu'arrivaient les duveteux oiseaux de nuit.

Je ne savais jamais quand ils allaient venir. Pendant des semaines ils pouvaient être là une nuit sur trois ou ne se montrer qu'une fois pendant toute une année. Comme les chevaux d'or et les petits hommes aux marteaux, les oiseaux étaient libres. Lors de ces nuits bénies ils apparaissaient, comme venus de nulle part, et tombaient du ciel en flèches plumeuses. Un, deux, trois. Quatre et puis, tout plein d'oiseaux.

De la fenêtre de ma cellule, je les voyais très distinctement – leurs tendres corps tout chauds, balles de plumes grises et brunes, leurs queues en éventail et leurs petites têtes qu'ils tournaient vers moi, curieux, en passant près de ma fenêtre. Leurs yeux profonds et sombres étaient omniscients, comme ceux de la dame.

Le premier oiseau à atterrir dans la cour s'avançait toujours jusqu'au centre, c'était une femelle. Cet espace gris ne semblait pas l'inquiéter, n'exiger d'elle aucun courage. D'autres la rejoignaient, à pas menus, comme en hommage à sa hardiesse. Les ailes basses, ils dansaient autour d'elle en un corps de ballet. Elle avait beau parader, là, au milieu, sa solitude d'oiseau terne et quelconque était évidente.

Les autres déployaient leurs douces ailes tachetées, du graphite dans du grès brun. Ils avançaient d'abord à pas minuscules tout en dessinant dans la poussière de l'extrême pointe de leurs ailes, puis à pas plus marqués, non pas plus grands mais plus fermes, comme le piétinement d'une danse tribale. Ils sortaient leurs serres, les ailes en pinceau ; au bout d'un moment je voyais qu'ils avaient tracé un motif, un mandala de vie.

Parfois, j'avais envie de taper dans les mains pour voir ce qu'il se passerait. Mais bien sûr je ne le faisais jamais. Je regardais, parfaitement immobile, visage solitaire enchâssé dans la pierre.

Les duveteux oiseaux de nuit dansaient, traçaient leurs cercles dans la poussière jusqu'à ce que toute la cour soit décorée de leurs travaux de dentelle.

Puis, tout à coup, comme s'il y avait eu quelque part une explosion silencieuse, comme si un signal d'alarme avait retenti dans le ciel, les oiseaux se figeaient et regardaient en l'air. Une par une, les femelles déployaient leurs ailes grèges et s'envolaient. Leurs danseurs mâles les suivaient à regret, envahissant le ciel violet foncé de leurs ailes battantes.

Alors, le ciel se vidait. Les oiseaux bruns et leurs angéliques prétendants s'enfuyaient.

Je les regardais disparaître et me demandais où ils

allaient. Dans un arbre, me disais-je, au cœur d'une forêt lointaine. Un arbre de rêve où se percheraient des douzaines de sombres et chauds oiseaux. Si un enfant s'endormait sous ses branches, à son réveil, il renaîtrait.

Je revenais alors à la cour dont la terre légère portait leurs dessins d'ailes.

Une brise, puis un vent vif se levaient et je savais que le matin toutes ces traces délicates auraient disparu. Le sol serait redevenu lisse comme la peau d'un bébé. Lorsque les hommes reviendraient le lendemain matin, il n'y aurait rien à abîmer. Ni déchirure ni blessure.

Tels sont les duveteux oiseaux de nuit. Des animaux paisibles qui ne veulent de mal à personne.

C'est incroyable, tout ce que nous entendons ici, dans le donjon. Les gardiens qui nous surveillent – qui surveillent une rangée de cellules où jamais rien ne se passe, où les portes s'ouvrent rarement –, assis sur leur tabouret, parlent toute la journée. Les bonnes semaines, ils auront peut-être l'occasion de mettre les fers à un homme pour l'amener à la cage. Mais en attendant, seuls les mots permettent de meubler ces interminables heures d'ennui.

Ils essaient de parler bas mais n'y parviennent jamais. Ils n'arrêtent pas de parler : du directeur, de la dame (de ces deux-là, ils peuvent parler des jours entiers), de leurs collègues, du budget, des embauches, des promotions, de la corruption et de la drogue, des nouveaux détenus, tout y passe. Un véritable pipeline d'informations se déverse dans nos cellules.

Aujourd'hui, à entendre le cliquètement morose de leur ceinturon lorsqu'ils remuent sur leur tabouret et l'amertume qu'on décèle dans leur voix, les gardiens n'ont pas le moral.

— Nouvel arrivage, dit l'un.

Son compère ne répond pas tout de suite. Ils savent tous

les deux ce que cela signifie. Nous savons tous ce que cela signifie.

— Demain ?

— Ouais.

— Toujours plus de monde, reprend le premier.

Mal à l'aise, il remue sur son tabouret.

— C'est Conroy qui va être content, murmure l'autre, de façon à peine audible mais nous, nous l'entendons et les murs soupirent de tristesse.

Lorsqu'il aperçoit la dame qui attend patiemment au parloir des condamnés à mort, le directeur pense à ce nouvel arrivage d'hommes qui va intégrer la section générale. Devant la dame, la cage est vide. Elle est sur sa chaise, elle attend York. Elle est aussi immobile que si son âme l'avait quittée.

Le directeur est venu lui annoncer que les gardiens qui doivent amener York auront du retard. Elle lève le regard vers lui, qui s'arrête poliment une fois passé le seuil de la porte. Ils sont seuls tous les deux, la dame et le directeur, les yeux dans les yeux.

Pour une fois, il ne sait pas quoi dire.

— Alors quoi, pas d'avocats ? finit-il par lancer.

— Je fais mon possible pour les éviter, répond-elle en souriant.

— Tout comme les directeurs ? prononce-t-il sans réfléchir.

Le visage de la dame s'éclaire d'un grand sourire.

— Non, je suis toujours d'accord pour parler avec vous.

— De ma part, ce serait une faute professionnelle, dit-il en s'avançant vers elle.

Il a soudain envie de discuter avec elle, de l'affronter, de lui demander quel effet cela lui fait de défendre des assassins. Les crimes commis ne lui importent-ils pas ? N'est-elle jamais gênée par la réalité de leurs actes ? À la place, il évoque York :

— Apparemment, le prince s'est réveillé avec la tête dans le cul.

Elle n'est pas choquée et sourit :

— Ce n'est pas comme si je l'invitais à prendre le thé.

Il est tout près d'elle à présent. Et de la cage de York dont elle va chercher à déterrer les secrets qui pourraient le faire sortir du couloir de la mort.

— C'est un boulot comme un autre, pour vous, dit-il.

— Ce n'est un boulot comme un autre ni pour moi ni pour vous.

— Ah.

— Vous aimez jouer au geôlier, dit-elle calmement.

— Certainement. Et vous, quel rôle aimez-vous jouer ?

Elle lève les yeux vers lui. Avec ses cheveux noirs coupés court et son regard tellement intense, elle ressemble à un chat, à un chat très petit et très beau, fait pour la chasse, pour débusquer sa proie. Elle est plus coriace que n'importe quel détenu, pense-t-il, plus dure que les hommes dont elle défend la cause. Elle est plus dangereuse que tous les tueurs réunis parce qu'elle est consciente de ce qu'elle fait et qu'elle choisit d'aller jusqu'au bout.

Elle ne sourit plus, elle a juste l'air triste. Ses yeux lui disent qu'elle souhaiterait que les choses soient différentes. Mais que c'est ainsi.

En quittant son poste ce soir-là, il pense à la dame ; dans le coucher de soleil le ciel est d'or, strié d'ocre. Il passe une porte verrouillée après l'autre et chacun lui dit : « 'soir monsieur, 'soir monsieur. » Les mots creusent des rigoles dans la pierre. Il fait signe à la gardienne en faction, fusil armé, au mirador de la grille.

Il est heureux que des femmes travaillent ici. À ses débuts, il n'y avait que des hommes. La prison était plus dure et, d'une certaine façon, l'équilibre en était plus fragile. Les femmes mettent des photos de leurs enfants sur leur armoire métallique et laissent des brownies au réfectoire mais elles se rendent dans les quartiers cellulaires sans se poser de questions et rient en faisant leur boulot. Même le détenu le plus dur cherche une maman, pense-t-il. Ces femmes prêtes à tout sont d'accord pour endosser ce rôle.

En rentrant chez lui, il s'efforce de se remémorer les bons moments de sa vie. La pêche à l'esturgeon. La chasse à l'élan dans les bois. Le base-ball. Un jour, sa femme lui a reproché d'être comme tous les hommes, de vouloir faire de sa vie un livre d'images sans penser à la page suivante.

Seulement, ces évocations heureuses ne calment pas la colère qu'il ressent chaque fois qu'il parle avec la dame. Elle l'exaspère comme personne.

Il a été geôlier toute sa vie. Il sait qu'il n'est pas parfait, qu'il peut être étonnamment naïf, parfois, pour un directeur de prison. Il n'est pas au courant de tout ce qui se passe dans son établissement, et il ne le souhaite pas. Il est suffisamment raisonnable pour savoir qu'on ne fait pas d'omelette sans casser d'œufs.

Mais après cette entrevue, il ne décolère pas. Il prend son travail au sérieux. Jour après jour, il protège les détenus des autres détenus comme il protège la société des délinquants. Ce n'est pas facile. Il aimerait dire aux politiques d'essayer de tenir en bride trois mille hommes qui passent leur temps à vouloir s'étriper à coups de couteaux de table aiguisés. Ensuite, vous viendrez me dire comment ça s'est passé.

C'est à ce moment-là que la dame intervient pour raconter à des juges qui n'ont jamais mis les pieds dans une prison, qui n'ont rencontré ni les victimes ni leurs familles, quelques anecdotes bien larmoyantes. Et il apprend alors qu'un homme de plus a échappé à une mort méritée.

Quand la cause est juste, il n'est pas contre. Il est arrivé qu'il soit d'accord avec la dame. Il se souvient d'un cas en particulier. Le type avait été accusé de la mort d'un dealer. La dame a obtenu la révision du procès et le jury a tranché pour la légitime défense. C'est lui, en personne, qui a sorti l'homme du couloir et l'a remis en liberté. Plus tard, il a eu droit à des remontrances, mais il a assumé. La décision était justifiée.

Il sait qu'il y a trop de Noirs dans le couloir de la mort. Il sait qu'il y a trop de détenus qui ont eu pour avocats Faucheur et Associés. Aux nouveaux gardiens qu'il embauche, il dit qu'il y a suffisamment de vrais coupables pour ne pas en inventer. Il est le premier à admettre que le système a besoin d'être réformé.

Ce qu'il ne comprend pas, c'est qu'on vienne en aide à des hommes qui violent et tuent, à des tueurs en série, à des assassins d'enfants, à des York, des Striker ou des Arden.

Quand il pense à ce que ces trois-là ont fait, cela le conforte dans ses idées. Toutes ces années de métier à voir des hommes s'entretuer lors de mutineries, à tenir la main de victimes de viol face à la commission de liberté conditionnelle l'ont convaincu que certains méritaient la mort. S'il lui arrive de bavarder avec un homme comme York et même d'avoir des attentions pour Arden, il sait que leur exécution est méritée. Eux et leurs semblables sont des chiens galeux, des animaux enragés. On peut déplorer les raisons qui ont fait d'eux des tueurs, mais une fois qu'ils le sont devenus, le mieux est de les supprimer avec humanité.

Peut-être la dame oublie-t-elle ce que ces hommes ont commis. Peut-être oublie-t-elle que des hommes comme York ont torturé des femmes, que des hommes comme Striker en ont tué un paquet et que ce qu'a fait Arden est proprement inconcevable.

Il se reprend. Non, la dame sait tout cela très bien. Elle rencontre la famille de ces hommes, elle explore leur vie en détail, elle a forcément conscience de la souffrance qu'ils ont causée. Pourtant, elle fait tout pour les sauver, il ne comprend pas pourquoi. Et c'est cela qui le met en rage.

Il réalise soudain qu'il est arrivé. La maison, basse, couleur terre de Sienne, se trouve au bout d'une impasse dans un quartier d'une banalité rassurante. Un nuage d'insectes danse devant la porte et, avec la tombée de la nuit, les chauves-souris se préparent au festin autour de la lanterne de la terrasse.

Il s'arrête dans l'allée et ouvre la porte du garage. Il aperçoit une pancarte « à vendre » fichée dans la pelouse. Un clignement d'œil plus tard, elle a disparu.

Il n'est que vingt heures mais il sait que sa femme sera déjà au lit. À l'étage, dans la salle de bains, il trouvera la baignoire marquée d'un cerne et le rideau humide. Son pilulier sera sur l'étagère à côté d'un verre contenant des glaçons à demi fondus et du gin. Avec lassitude, il remarquera le porte-perruque vide, l'accumulation de boîtes de médicaments, bataillon en armes contre le cancer qui est en train de gagner la guerre.

Il ira dans la chambre qu'ils partagent depuis vingt-deux ans, prêtera l'oreille aux petits halètements qui lui diront l'intensité de la douleur. Tu es à 4, ma chérie ? voudrait-il demander. Et il aimerait pouvoir ajouter, moi je suis à 6, tant mon cœur est en peine.

Elle se retournera dans le lit, dissimulera sa souffrance et saisira la perruque placée à portée de main. Il ne cesse de lui dire qu'il l'aime comme elle est mais il n'y a rien à faire, elle porte cette horrible perruque même au lit. Elle dira :

— Oh, tu es là, mon chéri ?

— Oui, ma chérie, je suis là, répondra-t-il.

Le garçon aux cheveux blancs a une bouche de Cupidon. À l'école, les filles trouvaient sexy ses lèvres rouges. Dans le bus de transport, parmi les autres, il se tait en mordillant nerveusement ces jolies lèvres. Il n'a que seize ans mais, dans notre État, on peut être jugé comme un adulte majeur plus jeune encore. Il n'est pas exceptionnel que des garçons de son âge purgent leur peine dans notre lieu enchanté.

Ses compagnons, plus âgés, délinquants chevronnés,

regardent le garçon aux cheveux blancs. Certains d'un air triste, d'autres, appréciateur.

Le bus descend la route cahoteuse de la prison, sous les miradors. Les grilles se lèvent lentement, le bus entre. Les hommes sont poussés dehors sans ménagement. Pour quelques-uns, c'est le premier jour d'une éternité. Ils n'y pensent pas. Ils sont abrutis, ils ont des courbatures. Le trajet a été long car le bus ramasse des condamnés dans les prisons de tout l'État. Ils ont hâte que leur nouvelle vie commence, peu importe ce qui les attend.

Le garçon aux cheveux blancs cligne des yeux dans le soleil, ses chaînes pendent à ses bras frêles. Sans s'en rendre compte, les gardiens tiquent en le voyant. Ils connaissent la musique. Ils savent qu'il se passe des choses que nul ne contrôle, dans notre lieu enchanté.

On fait prestement entrer la troupe des nouveaux arrivants. BIENVENUE DANS LA PRISON D'ÉTA, lit-on en lettres adhésives collées de guingois sous une vitre boulonnée au mur. Le T a glissé en bas du cadre. On donne aux hommes l'ordre de s'asseoir. Un gardien leur enlève les fers. Le garçon fixe le gardien debout près la porte, le fusil à la main. Il ne lâche pas l'arme des yeux. Jusqu'à aujourd'hui, il n'en a vu que sur un policier ou un shérif et cela l'affole.

On l'appelle à son tour. Il entre dans une petite pièce aux murs en béton où attend un gardien qui a l'air de s'ennuyer. Il porte des gants de latex bleu.

— Déshabille-toi, dit-il d'une voix nasillarde.

Le garçon s'empresse d'ôter ses vêtements. Il a un petit ventre d'enfant. Son fragile pénis s'est recroquevillé dans son nid de poils blancs.

— Tourne-toi.

Il obtempère.

— Penche-toi et écarte.

Le gardien se contente de regarder.

— Tourne-toi et soulève.

Il se retourne et soulève son pénis.

Le gardien palpe sous les testicules du jeune homme avec ses gants visqueux.

— Rhabille-toi.

Le garçon est soulagé. Ça n'a pas été trop dur. Il prend un uniforme dans la rangée des grands bacs de la blanchisserie industrielle. Il flotte même dans la plus petite taille. Mais, après des mois passés dans ses vêtements de préventive, l'uniforme orange est un progrès. Pendant tout ce temps, il a été privé de lacets. Il lace ses chaussures de travail avec satisfaction.

Une fois habillés, les arrivants sont regroupés dans une grande salle, au bout du hall. Ils prennent place sur des chaises pliantes, leur fiche d'identité sur les genoux. À part les barreaux aux fenêtres, ce pourrait être une salle de classe.

— Vous n'avez pas été envoyés en prison pour y subir une punition. C'est la prison qui est la punition, dit un gardien qui leur fait face. Tirez-en le meilleur parti possible.

On leur décrit les grandes lignes du quotidien carcéral. On leur distribue des documents : répartition des tâches et des cellules, un petit manuel de services religieux et un autre, plus épais, le règlement intérieur.

En cas de problème, leur dit le gardien, remplir une volante. Le garçon se demande de quoi il s'agit puis comprend que c'est un formulaire de plainte. On leur en donne une douzaine à chacun.

Le briefing est terminé. Le garçon aux cheveux blancs devra se présenter au Bloc G pour qu'on lui assigne une cellule après la promenade dans la cour. Il est surpris. Il s'attendait à être traîné en cellule et enfermé. En fait, on les emmène tous dehors et les nouveaux explorent les alentours ; tout le lieu enchanté s'immobilise et retient son souffle. Dans les miradors, les gardiens sont tendus. C'est comme cela à chaque nouvel arrivage. Les périodes d'acclimatation exigent toute leur attention.

Les récidivistes vont rejoindre leurs copains d'un pas nonchalant. Parmi les autres, certains vont lire le journal à l'ombre, assis à des tables de camping, d'autres restent plantés là, indécis. Sur l'aire de musculation, les caïds regardent les nouveaux en souriant.

Le garçon aux cheveux blancs est soudain pris de panique. Il est cloué au sol. Il ne sait pas quoi faire. Il se demande comment il a atterri là. Il lui semble être passé directement du cours de maths à la prison, en attente de son jugement pour vol de voiture. Il savait bien que c'était une idiotie : ses potes et lui voulaient juste faire un tour. Et le voilà ici, il a pris deux ans. Le juge lui a dit que c'était un avertissement.

Les gardiens surveillent depuis les miradors l'orbe du ciel au-dessus de leur tête.

Le gardien Conroy sait faire profil bas. En le voyant traverser la cour, on a tendance à penser : quel homme ordinaire ! De sa bedaine à ses bottes réglementaires poussiéreuses, en passant par l'étui de son arme de service, il n'a rien qui le distingue de ses collègues – jusqu'à ce qu'il pose sur vous ses glacials yeux bleus. On se dit alors qu'un homme ordinaire peut se révéler plus dangereux que n'importe qui.

Conroy est spécialisé dans le renseignement, ce qui en dit assez long. Il parcourt le terrain à la recherche des grands arbres. Il les connaît tous de vue. Conroy apprécie les grands arbres. Il aime profiter de leur ombre. Cela lui donne une impression de puissance.

Le plus grand arbre de la cour est un caïd du nom de Risk.

Risk passe son temps à l'aire de musculation, d'où son allure de taureau sous anabolisants. Il a de longs cheveux bruns emmêlés et des cicatrices plein le visage. Il a été condamné pour avoir ouvert au cutter le ventre d'un passeur et avoir fourragé dans son estomac pour extraire les ballons de drogue qu'il avait avalés. Rien que de très banal si la mule n'avait été son propre fils de cinq ans. Quand il en a eu fini, l'enfant n'était plus qu'un morceau de viande rose et blanc.

On aurait pu penser que, dans la cour, Risk serait traité en paria. Mais en prison, les choses ne se passent pas comme cela. Dieu sait que j'adore les livres, mais je n'en ai jamais lu un seul qui décrive la réalité. Dans les livres, les détenus détestent les assassins d'enfants et les violeurs. Ce n'est pas vrai. En fait, peu importe ce qu'on a commis dehors. C'est en violentant les autres et en faisant de la gonflette qu'on devient le plus grand arbre de la forêt. En prison, le pire des tueurs, le pire des violeurs peut devenir tout-puissant à coup de passages à tabac et de viols.

Ce qui compte ici, ce n'est pas ce qu'on est mais ce qu'on veut devenir. C'est un endroit où l'imagination est reine.

Risk est entouré de ses acolytes. Ce sont tous des types énormes que la musculation et les suppléments de nourriture obtenus grâce à leur statut de caïds ont rendus monstrueux. Dans leurs cellules, ils ont de vraies petites cuisines équipées de réchauds de camping qui fonctionnent sur batterie. C'est là qu'ils prennent leurs repas et cela n'a rien à voir avec les nôtres. Ils mitonnent de savoureuses recettes à base d'ingrédients en provenance du magasin de la prison, où une barre de céréales coûte cinq dollars. Ils cuisent des paquets de nouilles minute avec des morceaux de fromage et des boîtes de chili – du chili avec de la *vraie* viande – et couronnent leur repas avec un café crème bien sucré. De leurs fenêtres s'échappent des parfums exquis qui rendent fous les autres détenus.

Les caïds sont nos rois. Leurs sections fournissent des lames en quantité industrielle ; s'il approuve le meurtre, Risk les loue cinquante dollars pièce. Les caïds approvisionnent aussi les détenus accros en minidoses de blanche et en minuscules boulettes de noire, enveloppées dans les papiers de bonbons laissés par les dames pieuses qui viennent prier et pleurer ici sur le sort de ces pauvres hommes. D'où le nom de « bonbons » donné à ces petites rations. C'est aussi dans leurs cellules qu'est conservé le matériel de consommation loué à prix d'or, sauf aux copains, lesquels ont gratuitement accès à la seringue sale et émoussée. Ils gagnent des fortunes en vendant du « pruno », un alcool fait maison qui fermente en sacs plastique, additionné de sucre. Pendant des semaines, les sections des caïds résonnent de leurs gros rires d'ivrognes. Ils savent qu'il est dangereux d'accumuler un pécule trop important et, par l'intermédiaire de gardiens corrompus, ils font parvenir des milliers de dollars à leurs femmes et à leurs petites amies. Tout cela n'est possible que parce que leurs cellules ne sont pas fouillées.

Conroy traverse la cour, ses rangers soulèvent de la poussière et ses médailles luisent sur sa chemise d'uniforme. Il rejoint Risk et lui tape sur l'épaule. Les deux hommes s'éloignent, tête baissée. L'officier de renseignement et le caïd conversent au vu de tous.

Quand ils font demi-tour, tous deux rient. Conroy tient Risk par l'épaule, comme s'ils étaient de grands amis.

Notre lieu enchanté pousse un soupir de désespoir.

Le lendemain, Risk se dirige, l'air de rien, vers le vieux téléphone mural près de l'atelier. C'est un des rares qui n'est pas écouté. Risk compose un numéro de poste qu'il connaît par cœur.

Le téléphone sonne dans le bureau de Conroy. Il l'appelle le téléphone qui dit oui parce qu'il y répond toujours avec ce seul mot : « Oui ? » Et puis, il écoute.

— Les Norteños[1] font rentrer de la noire par l'intermédiaire du gardien ripou, à l'entrée, dit Risk. Celui qui se cure tout le temps les dents. Ils la lâcheront demain à la fouille.

Conroy raccroche. Un sourire voluptueux éclaire son visage. Il sait exactement ce qu'il va faire. Il va brancher les caméras du parloir et prendre le gardien en flagrant

1. Mexicains appartenant aux gangs de rue du nord de la Californie.

délit au moment où il accepte la livraison d'héroïne ; il y en a pour des milliers de dollars. Ensuite, il le filmera en train de passer tous ces petits paquets au détenu norteño de service, puis de se rendre aux toilettes où il les introduira l'un après l'autre dans son anus ; selon l'expression consacrée, il sera alors « chargé ».

Plus tard, Conroy montrera la vidéo au gardien. Qui pâlira, qui bredouillera, conscient qu'il ne s'agit pas seulement d'une cause de renvoi ; c'est un délit. Jugé coupable, il pourrait être condamné à purger sa peine ici. Et tous les tabassages, tous les bras qu'il a tordus en passant les menottes, toutes les fois où il a fait la sourde oreille aux cris d'un viol, les détenus s'en souviendront. Rien n'est plus méprisé, dans notre lieu enchanté, qu'une brute devenue impuissante.

Conroy sait précisément comment le gardien va réagir. Suant d'angoisse, il demandera :

— Qu'est-ce que vous voulez ?

Après négociation, Conroy ira chercher le détenu chargé dans sa cellule. Il lui fera subir une fouille intégrale et récupérera lui-même les ballons. Le Norteño dira qu'il est seul responsable. Il refusera de donner le nom de son chef. C'est ce que Conroy souhaite. Il dira au détenu d'informer le chef de gang de ce que ce silence va lui coûter.

Le détenu prendra une courte peine supplémentaire mais il sait que ce sera du gâteau : le gang aura toutes sortes d'égards pour lui et ensuite il montera en grade. Le gardien ripou, reconnaissant et terrorisé, ne manquera pas, à partir de ce moment-là, de reverser à Conroy une part de chaque transaction qu'il conclura. Les détenus accros apprécieront que le flot d'héroïne continue d'irriguer notre lieu enchanté où chacun sait qu'il n'existe pas beaucoup d'autres remèdes à l'ennui lancinant qui y règne. Toutes les semaines, le chef des Norteños glissera une enveloppe pleine de billets dans le casier de Conroy – enveloppe qui, ajoutée aux autres, explique pourquoi il est propriétaire d'un bateau à moteur dernier cri et d'une résidence secondaire à la montagne tandis que le directeur habite un modeste pavillon de banlieue et possède un vieux voilier qu'il ne trouve jamais le temps de réparer.

Le meilleur de l'histoire ? Conroy bénéficiera d'une distinction pour avoir coincé un détenu. Une étape de plus dans sa course au sommet. Il brigue la place du directeur.

Sa hiérarchie l'adore. Sous son autorité, la corruption n'existe pas.

Risk reçoit sa récompense pour avoir communiqué l'information.

Le lendemain, sans avertissement, le garçon aux cheveux blancs est tiré de sa cellule.

Il allait en cours, commençait à se faire quelques amis ; son travail à l'atelier de couture l'amusait. Son compagnon de cellule était un croulant qui ronflait trop fort mais qui n'était pas méchant. La vie n'était pas si dure ; il se disait qu'il tiendrait deux ans. Après s'être senti si perdu, avoir eu si peur, l'espoir pointait. Peut-être pourrait-il finir le lycée. Et même aller à la fac.

À la porte de sa cellule, le gardien lui dit d'un ton brusque de ramasser son paquetage. Sans comprendre ce qui lui arrive, le garçon rassemble à la hâte ses quelques possessions – chemise de rechange, chaussettes, cahiers. La porte se referme derrière lui ; le vieux détenu cligne de ses yeux chassieux.

Le gardien le conduit au bout du couloir. Toute la section se tait.

Le garçon aux cheveux blancs n'a aucune idée de l'endroit où il va. Tous les autres le savent, eux. La prison entière a eu vent de l'affaire du Norteño et du coup réussi de Risk et de Conroy. Tout le monde sait comment cela va finir.

En voyant passer le garçon, les hommes se détournent. Certains vont s'asseoir sur leur couchette sans rien dire. D'autres ont un petit sourire.

Le garçon est conduit à travers la cour déserte dans un

autre bâtiment. Ici, les murs sont plus vieux, la pierre s'effrite. Le garçon réalise qu'il est au Bloc A, que les détenus appellent la section des perpètes. Ceux qui sont emprisonnés ici le sont pour longtemps.

Il sait que dans les sous-sols se trouve le donjon du couloir de la mort. Il n'a jamais vu de condamné à la peine capitale. Personne n'en voit jamais. Ces hommes y vivent enterrés, ne montent à l'étage que pour se rendre à la cage Dugdemona et, même là, ils sont enchaînés et suivent un parcours secret. Le garçon a entendu des noms, York, Striker, Arden, par exemple, mais il ignore à quoi ces hommes ressemblent. Ce sont les invisibles de la prison.

Dans la section des perpètes, les détenus se lèvent quand ils entendent les portes claquer. Ils s'approchent des barreaux pour regarder passer le garçon aux cheveux blancs. Le jeune homme remarque qu'ici les détenus sont massifs, on dirait des gorilles dans leurs cages. Leurs visages sont des masques. Pas de sourire, pas de signe de tête. Ils n'expriment rien.

Le gardien s'est arrêté devant une cellule. Il a l'air furieux. Le garçon ne peut pas savoir que l'homme s'est vu imposer cette tâche abominable qui lui fait horreur.

Dans la cellule, le garçon voit un homme au visage couturé et aux longs cheveux en broussaille. L'homme est sur son lit, couché sur le dos, la chevelure répandue sur son oreiller plat. Il fixe le plafond comme s'il ne s'était pas rendu compte de la présence du jeune homme.

Le verrou claque ; le garçon est poussé à l'intérieur.

Pour l'instant, Risk reste sur son lit.

Dans la cellule, une odeur âcre épaissit l'atmosphère. Le garçon sent cette odeur pour la première fois mais la reconnaît immédiatement. C'est celle de la terreur et elle émane de lui. Une sorte de barbelé lui serre le cœur, il n'arrive pas à respirer. Il sait, maintenant, pourquoi il est là.

Les volantes tournoient comme des origamis d'oiseaux, comme des flocons de papier ; elles virevoltent puis passent la porte, pleuvent sur le sol comme des pensées fugaces et forment des congères au bout du corridor. *S'il vous plaît, venez me chercher, s'il vous plaît*, disent-elles. *S'il vous plaît.*

Il y a des prisons dans les prisons, des murs dans les murs et ici tu apprends que le pire des donjons peut être la pièce qui a le plus de fenêtres. Tu franchis un mur et tu en trouves un autre devant toi, tu es comme un enfant dans un labyrinthe, perdu à jamais.

Quelqu'un comme le garçon aux cheveux blancs n'a pas droit à l'attention de la dame. C'est le paradoxe de la prison : les gens comme elle ne s'occupent que des condamnés à mort. C'est seulement face à la menace de l'exécution que les vannes s'ouvrent et qu'on s'intéresse à ces hommes. Les autres, on les balaie d'un revers de main.

Les formulaires de plainte pleuvent si nombreux depuis la cellule de Risk qu'ils bouchent les caniveaux comme des feuilles d'automne. Les hommes qui vont au réfectoire doivent enjamber des piles de papier qui se désagrège ; ils en traînent sous leurs chaussures des morceaux qui disent *aidez*, puis font des rouleaux qui disent *s'il vous plaît* et s'écrasent sous leurs semelles en une pâte grise qui dit *moi*. C'est ainsi que cela se passe, dans ce lieu enchanté.

En pareilles circonstances, il me semble que ma cellule est plongée dans le noir jour et nuit. L'air devient visqueux, j'ai du mal à respirer. Mes mains cherchent dans le mur une ouverture entre deux pierres par laquelle m'enfuir. Je veux sortir de cette obscurité, de cette douleur, de cette confusion.

Dans ces moments-là, même les livres ne peuvent me sauver. Je les tiens ouverts contre mon visage et je hurle que je ne parviens pas à les déchiffrer. C'est du charabia. Et sans cette échappée, tout mon univers s'écroule.

Une fois, il m'est même arrivé de me taillader les poignets

avec les dents et de les frotter sur le mur comme un enragé. Cela ne s'est pas bien terminé. Furieux, les gardiens ont fait irruption dans ma cellule et m'ont traîné par les cheveux jusqu'à l'infirmerie. L'infirmerie est un endroit où l'on introduit de l'air empoisonné dans l'espoir de nous faire mourir. Personne ne veut gaspiller de l'argent en traitements psychiatriques, anticancéreux ou autres. Les contribuables n'ont pas envie qu'on dépense leur argent pour sauver la vie d'assassins et je les comprends. Les services sont pleins d'hommes gémissants, en proie aux douleurs d'un cancer en stade terminal, souffrant d'hémorragie intestinale ou en plein délire diabétique. Ils m'ont gardé attaché des jours durant jusqu'à ce que la peau de mes omoplates s'ouvre à force de marteler la table. J'en porte encore les cicatrices, on dirait des marques d'ailes qui ne se seraient jamais déployées.

Maintenant, quand viennent les mauvais jours, je me contente de me rouler en boule sur ma couchette et de faire une cape de ma couverture. Je me rappelle que si je ne suis pas poussière, je devrais l'être. Je me dis que j'ai beau être une aberration, je suis constitué des atomes mêmes de la vie.

Je décide que ce que j'entends, c'est le gémissement de la pluie dans les gouttières, et non le heurt de la chair moite, les rires sinistres dans la section des perpètes, loin au-dessus de moi, ou les pleurs d'un garçon qui souffre.

Le garçon aux cheveux blancs est allé deux fois à l'infirmerie où on l'a recousu comme une poupée déchirée. Quand il entre au réfectoire on dirait qu'on lui a cassé les membres de l'intérieur.

Il ne s'assied jamais avec Risk et sa bande. Ce serait impensable. Il prend place à la table des minables. Ces hommes-là sont brisés et même les plus généreux d'entre nous les traitent comme des déchets. Le garçon aux cheveux blancs a l'air absent. Il ne parle plus. Il mange son rata en silence.

Les jours, les semaines passent. Et puis, un gardien ouvre la porte de la cellule et, sans plus de cérémonie, fait signe au garçon. Quand celui-ci regarde Risk pour savoir s'il ne rêve pas, le caïd l'ignore.

Risk a été payé, il a eu sa récompense. Les réjouissances officielles ont pris fin. Risk devra donner un nouveau coup de fil s'il veut un petit copain tout neuf.

Le garçon aux cheveux blancs a du mal à y croire. Il bondit dehors sans même rassembler ses affaires. À chaque pas qui l'éloigne, la sueur dégouline un peu plus sur sa peau. Il sent à nouveau sous ses pieds les dalles inégales.

Le vieux plouc est dans sa cellule à souffler comme si rien ne s'était passé. Le garçon s'assoit sur sa couchette, en sueur, hébété. Il a mal dans tout son corps, dans toute son âme. C'est fini, pense-t-il. Dieu soit loué, c'est fini.

Mais le lendemain, il découvre que ce n'est jamais fini.

Il se rend au réfectoire comme n'importe quel détenu. Seulement il n'est pas, il n'est plus, il ne sera jamais plus un détenu ordinaire. Même si on le transférait dans une autre prison, on saurait ce qui s'est passé. C'est incroyable comme l'information circule, dans le monde carcéral. Il veut poser son plateau à la table d'un copain d'atelier et on le fusille du regard. Il se tourne vers une autre table et il est accueilli par des mines glaciales. Rejeté de toutes parts, il fait machine arrière. Suit un douloureux moment d'hésitation où il reste planté là, immobile, le plateau dans ses mains moites. Il finit par se diriger vers la seule table qu'il connaît. Sans mot dire, les hommes lui font une place. Derrière eux, Risk et ses potes rient et se détournent.

Après le déjeuner, le garçon aux cheveux blancs sort dans la cour. Il ne sait pas où se mettre. Il se dirige vers le terrain de base-ball et passe un moment à regarder les quelques types qui ont le privilège de disposer de l'unique ballon. Ils ne l'invitent pas à le rejoindre. Il fait le tour de la cour et s'arrête au carré de terre où les vieux prisonniers ont le droit de cultiver des fleurs. Même les vieux l'ignorent.

Les fleurs sont jolies. Il y a du soleil et cela fait du bien. Il se détend un peu. Il s'assied à l'ombre, à une des tables de camping.

C'est alors qu'un des potes de Risk vient vers lui. Il a le cou brûlé par le soleil. Sa chemise contient difficilement ses épaules énormes. À la vue de sa carrure, le garçon a la nausée.

Le mastodonte lui jette un regard froid comme s'il n'était pas digne d'un sourire.

— Quatre heures, dit-il.

Sans comprendre, l'air ahuri, le garçon le regarde. Plus loin, Risk et sa bande font de la musculation. Il entend les plaques de métal qui s'entrechoquent. Sur le terrain de base-ball, des hommes s'entraînent à renvoyer les balles. Les vieux arrosent leurs fleurs. Dans le mirador, les gardiens contemplent le ciel.

Le mastodonte montre du doigt une cabane, tout au fond de la cour. Les détenus l'appellent la cabane des violeurs.

— Quatre heures, répète-t-il.

Pour Conroy, tout s'est bien passé.

Il aime ces appels sur le téléphone qui dit oui. Il aime en décrocher le combiné, entendre la voix empressée à l'autre bout du fil. Il aime prononcer ce « oui », pour lui le plus beau mot du monde, un monde de portes ouvertes et d'aventures nouvelles.

Quand passe l'auxiliaire, je me cache sous ma couverture. J'entends le grincement de son chariot et le brouhaha excité des détenus. Ils l'interpellent, ils ont besoin de contact, de donner de la voix et aussi des livres et des serviettes propres empilés sur le vieux chariot qui sert à tout ici. Ceux qui ont de l'argent sur leur livret achètent des sucreries, du savon, du dentifrice et, si leur bonne conduite le permet, des rasoirs. Aux autres, on distribue des brosses à dents réglementaires, à manche raccourci, fabriquées exprès pour les prisons, car les longs manches des modèles courants, une fois affûtés, servent de couteaux.

Quand l'homme arrive à ma cellule, il pousse un soupir et s'écrie :

— Serviette !

Il en fait tomber une par le guichet. Je jette un œil et le vois ramasser ma serviette raide de crasse du bout des doigts comme si elle était empoisonnée.

Cela fait des jours que j'ai rendu mon dernier livre, le récit d'une randonnée aux Cascades, et je n'en ai pas reçu d'autre depuis. Je croise mes doigts rêches sous la couverture pour en avoir un cette semaine et pour que ce soit mon préféré, *L'Aube blanche*.

— Liv' pour toi, dit l'homme comme à contrecœur. Le directeur te fait dire qu'on a fait un nouveau don à la bibliothèque.

Le livre tombe avec un bruit sourd. Comme un enfant à la foire, l'homme espère voir le monstre. Il sait que je veux récupérer le livre mais que sa présence m'en empêche. Finalement, j'entends son rire méprisant et le chariot s'éloigne. Il entame une conversation avec York qui occupe la cellule en face de la mienne. Quelqu'un a mis de l'argent sur le livret du condamné – la dame, probablement, on dit que cela lui arrive – et il s'achète une barre chocolatée.

— C'est mon jour de paye ! crie-t-il.

Toute la section se met à rire. J'entends le froissement du papier, je sens l'odeur de cacahuète.

Je soulève prudemment ma couverture. La voie est libre. Un plongeon et je ramasse le livre. J'attends de me retrouver sur mon lit pour voir ce que c'est. Oh, joie ! L'auxiliaire n'a pas menti. C'est un livre que je ne connais pas.

Sur la couverture cartonnée, tendue d'un tissu rouge usé, le titre : *Havek et Moi*. Je la caresse. Je ressens la vibration des mots qu'elle contient. Au dos, on peut lire sur une vieille étiquette : « Bibliothèque d'Amity School » à l'encre verte fanée.

En ouvrant le livre, je trouve une fiche de prêt dans sa pochette tachée et je la sors respectueusement. Le dernier emprunteur s'appelait Charlie McBee. L'écriture enfantine me fait sourire.

Et puis me voilà immergé dans le livre au point de ne pas vraiment me rendre compte que j'ai repoussé ma couverture pour voir plus clair. L'homme au chariot s'est placé de façon à m'observer et cela m'est égal. Le monde extérieur s'éloigne. Dans les murs, les petits hommes aux marteaux se pelotonnent dans le silence et les chevaux d'or baissent la tête pour écouter. De très loin, j'entends Striker chuchoter quelque chose à l'homme de service, ce qui est assez inhabituel pour être noté – Pourquoi ces chuchotements ? Que demande-t-il ? –, mais bientôt je ne suis plus là.

Loin d'ici, je voyage avec South Boy et Havek, son ami indien. Un beau matin, South Boy décide de faire une Grande Chose. En m'éveillant dans la chaleur du désert, j'ai sur la langue le goût des crêpes molles du cuisinier grincheux. Je sens l'eau tiède du fossé qui glisse sur mon corps.

S'il y a des moments où je regrette presque la décision de York, ce sont des moments comme ceux-là, quand la vie ressemble à une page qui attend d'être tournée.

La dame est face à une barrière. Une lourde barrière métallique fermée par un gros cadenas comme ceux qu'on utilise pour empêcher l'accès à un chantier forestier. Une grande pancarte porte en grossières lettres noires : SI VOUS ENTREZ, JE TIRE.

Elle est épuisée. Cela fait des jours qu'elle n'est pas rentrée chez elle. On est mi-juin et elle a beau travailler sans relâche à ce dossier, le temps semble s'accélérer. Elle a passé deux jours à Sawmill Falls, la capitale du comté, à fouiller les microfiches d'anciens recensements pour retrouver tous les hommes prénommés Troy. Elle a réduit sa recherche aux années d'enfance de York mais elle a trouvé plus de Troy qu'elle ne pensait. Elle a passé une journée supplémentaire dans une chambre de motel, à se nourrir de fast-foods bien gras, pour les localiser sur Internet. Certains sont morts mais quelques-uns sont encore en vie et dispersés dans tout le comté.

Après des heures à rouler dans des paysages de plus en plus arides et dépeuplés, elle se trouve devant cette barrière. C'est la dernière adresse d'un homme qui s'appelle Troy.

Les collines sont accidentées, la chaleur de l'été a desséché les sous-bois où pousse du houx. Des effluves sucrés lui parviennent. Elle hume l'air. Oui, ce parfum doux et lourd vient bien de la forêt.

— Ohé ! Ohé ! crie-t-elle.

Sa voix porte loin, s'enfonce parmi les arbres.

Seul répond le geai colérique. Elle se penche par-dessus la barrière pour tenter de voir où mène la route mais, après un virage dans les broussailles, elle disparaît. L'homme habite peut-être juste après le tournant ou bien des kilomètres plus loin. Il est possible qu'il l'attende avec un fusil à canon scié comme il l'en a avertie. Elle jette un coup d'œil à la pancarte et pèse le pour et le contre.

Comme toujours, il faut qu'elle tranche. Faire demi-tour sur ce chemin de terre et rouler des heures pour retourner en ville. Ou escalader la barrière, quel que soit le risque.

Tu sais parfaitement que tu n'as pas le choix, pense-t-elle en remontant le bas de sa jupe.

Chaque fois que la dame s'imagine quelqu'un, elle se trompe. Elle s'attend à ce qu'un médecin soit un type bien et c'est un minable, bouffi de vanité. Elle se dit qu'un prêtre est quelqu'un de rigide, il est émouvant et fragile. Un directeur de prison devrait être un ennemi, mais il ne l'est pas.

Et ce Troy Harney, cet homme dont le casier compte au moins une quinzaine de condamnations pour possession de drogue, trouble à l'ordre public et rixes sous l'emprise de l'alcool, elle le trouve sympathique.

Il ouvre sa porte, un léger sourire sur son visage buriné. Il était en train de se préparer un déjeuner tardif et cela sent les œufs au bacon et les copeaux de bois – il en a fendu en prévision de l'hiver, il y en a déjà une grosse pile. De la mousse sur le toit à la collection de vieilles bottes sur le seuil, la maison est chaleureuse dans son délabrement.

— Z'avez réussi à passer la barrière, je vois. Vous venez pas me vendre quelque chose, hein ?

— Vous allez me tirer dessus ? demande-t-elle en souriant.

Il rit et montre des dents jaunes de nicotine.

— Non, ça, c'est pour ces salauds de flics. Entrez donc.

Elle obéit et se présente mais cela n'a pas l'air de l'intéresser.

— Comment savez-vous que je ne suis pas de la police ?

Il la regarde avec l'air de dire : « Ma pauvre enfant ! »

— Vous avez vu vos chaussures ?

Elle baisse les yeux et sourit. Elle porte des bottes noires usées.

— Ah, d'accord.

— Pourquoi vous êtes là, déjà ? C'est pas souvent que j'ai la visite d'une jolie fille.

— Je suis enquêtrice. Je travaille sur le cas d'un homme qui est dans le couloir de la mort. Il se peut que vous l'ayez connu. Lui ou sa mère.

Dans sa petite cuisine, Troy tourne lentement sur ses talons et lui fait face. Des rideaux fanés encadrent les fenêtres aux vitres couvertes de poussière. C'est bien les hommes, pense-t-elle, incapables de faire le ménage.

— À Sawmill Falls, vous voulez dire.

Son visage est impassible

— Oui.

En silence, il sort d'un placard deux épaisses assiettes noires, fait glisser d'une poêle en fonte des tranches de bacon et des œufs brouillés et ajoute sur chacune deux toasts beurrés.

— J'en fais toujours en plus, marmonne-t-il.

Il se sert une tasse de café, ajoute du sucre, puis le pousse vers son invitée tout en lui versant une tasse.

— Asseyez-vous.

Ils s'installent à une petite table en bois, elle prend l'unique chaise et il va se chercher un tabouret coiffé d'un coussin couvert de poils de chat. Il sale et poivre ses œufs. Comme beaucoup d'hommes qui vivent seuls, il engloutit sa nourriture sans presque lever la tête de son assiette.

— Mangez.

Elle mange. C'est bon, surtout les œufs.

— Je mets du ketchup, précise-t-il, et un peu de poudre d'ail.

Une fois son assiette vide et bien saucée, il regarde celle, à moitié pleine, de la jeune femme d'un air de légère convoitise. Elle sourit.

— J'ai eu des frères, dit-elle.

Elle la pousse vers lui tout en se sentant, une fois encore, coupable de s'inventer un passé.

Radieux, il empile bacon et œufs sur le toast qui reste.

— Un sandwich de première ! Mais vous attendez que je vous parle.

— Seulement si vous voulez bien.

— Si les flics avaient quelqu'un comme vous, dit-il en se redressant, les gens comme moi se feraient cueillir comme des fruits mûrs, de la façon que vous êtes assise là, toute souriante.

— Aucune raison de la jouer à la dure.

— Sûr. Mais je parie que vous pouvez l'être, à l'occasion.

Ils se regardent.

— Je l'ai connu, l'homme pour qui vous travaillez. York. C'était un gamin, à l'époque. (Il fait une pause, semble étudier sa croûte de pain.) C'est bien lui, hein ? Couloir de la mort, z'avez dit, et Sawmill Falls.

— Oui.

Il sauce avec le bout de pain.

— Ça a fait les gros titres, quand il a été pris.

— Vous étiez encore à Sawmill Falls ?

— Nan. (D'un doigt, il torche l'assiette.) Ça faisait longtemps que j'étais parti.

— Longtemps ?

Il lève sur elle un pesant regard brun.

— Oui, madame. Écoutez, ça n'a pas été facile.

— Je sais. (Elle boit un peu de café.) Vous connaissiez Shirley, je suis sûre.

Il se lève brusquement et débarrasse leurs assiettes. J'ai gaffé, pense-t-elle. Elle le regarde laver la vaisselle, précipitamment, sans attendre que l'eau chauffe, et la ranger dans un égouttoir tordu. Elle le voit de dos avec sa chemise marron, son jean épais et ses bottes usées. Ses bras sont tout en muscles mais ses épaules tombantes évoquent un homme pacifique. Elle repense à ses condamnations et se dit que ce sont parfois les hommes au casier le plus chargé qui sont les plus dignes de confiance. Ceux qui sont assez malins pour ne pas se faire prendre l'inquiètent davantage. Il s'essuie les mains sur un vieux torchon.

— Faut que je retourne mettre bas du bois.

— Je ne connaissais pas cette expression.

— C'est mon pépé qui disait ça. Il était allé pêcher la baleine, là-haut, en Alaska. Quand il est rentré, il arrêtait pas de causer comme ça. Comme s'il était encore sur un baleinier, glousse-t-il. On venait les voir ici, lui et ma mémé, et ce vieux schnock parlait de rien d'autre. On aurait dit qu'il s'était jamais marié, qu'il avait pas eu d'enfants ni rien. Y en avait que pour ces foutues baleines.

Le regard absent, il suspend son torchon.

— Vous voulez voir mes bébés ?

— Bien sûr.

Elle ne sait pas où il l'emmène mais elle se lève et le suit. Le pré est semé de vieilles brouettes cassées. Elle marche tranquillement derrière lui, comme une fille de bûcheron derrière son père. Enfant, elle a acquis un instinct très sûr qui lui permet de pressentir le danger. Son corps lui dit que cet homme ne représente pas une menace, en tout cas pas pour l'instant, et qu'elle peut donc cheminer à sa suite, à travers la prairie ensoleillée et dans les bois ombreux.

L'odeur suave s'accentue au fur et à mesure qu'ils avancent sur le sentier sinueux, qu'ils escaladent les troncs dans les lits des ruisseaux à sec. Il soulève des branches pour qu'elle passe dessous et, à plusieurs reprises, des ficelles tirées en travers du chemin, pièges du pauvre pour vérifier que personne ne l'espionne.

— C'est mon pépé qui m'a laissé cette terre. Quand j'ai quitté Sawmill, je suis venu ici. J'ai mis du temps à me remettre. D'abord, j'ai donné dans ces conneries de hippy et puis, dans autre chose dont je veux pas parler. Fallait que je sache de quoi y retournait. Je voulais des réponses.

Elle prend une toile d'araignée en pleine figure, s'en dégage d'un geste nonchalant et voit tout près d'elle une grosse araignée qui pend à un fil. Sans hésitation, elle la tue entre ses deux mains puis les essuie sur le lierre qui pousse sur un tronc.

— Pas peur des sales bestioles, vous, au moins, dit-il, admiratif.

— J'ai grandi avec.

— Humaines ou animales ?

Ils arrivent à une vaste clairière où l'odeur est pénétrante. Des douzaines de plantes en pots s'y dressent au garde-à-vous ; leur parfum prend à la gorge. Il détache une inflorescence et la malaxe entre ses doigts.

— Jolis bébés !

Elle ne dit rien. C'est un parfum si entêtant qu'elle se demande s'il suffit de le respirer pour planer.

Le bouquet serré des boutons repose sur la paume ouverte de Troy.

— Je n'ai jamais compris toute l'histoire, vous savez, dit-il.

— Ce qui s'est passé avec Shirley ?

— Avec toute la ville. C'était comme si quelque chose nous possédait. Quelque chose de mauvais. Qui était en moi aussi.

Le parfum est suffocant, mais il y a aussi le ciel au-dessus de leur tête et les bois silencieux alentour. Tout, jusqu'au tissu de la chemise de Troy, la rassure : il ne lui veut pas de mal. Comme la plupart des gens qu'elle rencontre dans ses enquêtes, il a attendu toute sa vie d'être écouté.

— Vous dites que vous êtes parti.

Il hoche la tête.

— Je suis parti parce que je me sentais... trop mal. Je voulais l'aider, Shirley. J'ai habité avec elle pendant un temps, je sais pas si on vous a dit. Je faisais pas que profiter, comme la plupart des autres. Mais les hommes, ils avaient leurs habitudes. Ils voulaient pas la laisser tranquille.

— Et York ?

— Oh... Oh là là. Il avait dans les neuf ans, à l'époque, je dirais. Et de ces yeux... Je peux pas expliquer. J'ai essayé d'aider.

— Qu'avez-vous fait ?

— J'apportais des choses, à manger, surtout. Je cuisinais, le soir, fallait le nourrir, le petit. Il avait un mal aux jambes que c'était terrible et j'avais trouvé une lotion à lui passer. Mais rien de tout ça... Bah.

Elle attend. L'homme se tient parmi ses plantes dont le parfum lui fait tourner la tête.

— Rien de tout ça n'a marché, dit la dame.

— Non, madame, rien de tout ça n'a marché. Ils continuaient à venir même qu'ils savaient que j'étais là. Qu'elle avait un homme, maintenant. Ça leur était égal. Ils venaient quand j'étais au travail. Je rentrais, elle était sur le lit, toute mouillée, ce sourire sur le visage. Faut comprendre, madame, elle était timbrée, d'accord ? Elle était timbrée et tous, ils le savaient. Ils se servaient d'elle et, Seigneur, c'était comme une mauvaiseté chez nous tous. Moi aussi, je le faisais. Je l'avoue. Mais moi... Moi j'avais du sentiment pour elle. Je voulais aider. Elle avait des jolis côtés. Vous saviez qu'elle avait une belle voix ? Elle chantait comme un ange.

Il respire bruyamment.

— Et York ?

— Pauv' gosse. Quand je rentrais et que je la trouvais sur le lit, sans culotte, avec rien qu'une vieille blouse à fleurs, les jambes nues et mouillées, York était accroupi dans un coin. Y avait aucun endroit d'où il aurait rien vu, vous comprenez. Y avait des jours où je me disais qu'il aurait mieux valu lui faire sauter les yeux avec un bâton.

— Ils ne venaient pas seulement pour elle, n'est-ce pas ?

Il rive sur elle des yeux suppliants.

— Non, madame. Ils venaient pas seulement pour elle.

— Je pensais que vous étiez un de ceux qui abîmaient Shirley. Mais vous, vous vouliez aider.

— Je l'ai pas aidée, madame. J'ai essayé, puis j'ai détalé. J'ai abandonné le gamin. Lui et sa mère, je les ai abandonnés à tous ces hommes. Et plus tard, quand j'ai su ce qu'il avait fait… J'ai été lâche, madame.

— Vous aviez promis à York que vous resteriez, non ?

Le visage de l'homme se meut en celui d'un vieillard, il a perdu sa beauté.

— Comment vous savez ça ?

— C'est un lapin qui me l'a dit.

— Hé, dingo !

Cela fait des heures que Striker est à sa porte et qu'il me parle en chuchotant.

— Je sais que tu m'entends, dingo. Je sais que tu peux parler.

Je suis sur mon lit et je me cache sous la couverture. Je grimpe au mur, le visage contre la pierre rassurante. J'aimerais avoir un livre à la main, mais j'ai rendu *Havek et Moi* il y a plusieurs jours. Après l'avoir lu trois fois.

— J'ai quèqu'chose pour toi, pauv' tordu.

Striker pousse un ricanement de singe, profond et étrangement musical. Une boule de papier froissé atterrit devant nos cellules.

De dessous ma couverture, je jette un coup d'œil. On dirait une page de livre. Je suis trop loin pour voir s'il y a quelque chose d'écrit dessus.

— T'as vu ? Pauv' tordu. V'là pour toi.

Une deuxième boule rejoint la première.

— T'en veux encore, tordu ? En voilà.

Une odeur fétide s'élève. C'est une forte odeur de merde fraîche. Ce n'est pas la première fois que je sens cela, que cela vienne de ma cellule ou de celle de mes voisins. Les chasses d'eau fonctionnent mal et l'air circule à peine, ici. Mais là, c'est juste devant moi.

— Il me plaît, ton livre, tordu !

Je m'emplis d'eau froide, d'une eau qui gèle en panique dans mes veines. J'entends vaguement quelqu'un, de l'autre côté de ma cellule, qui dit :

— Allez, arrête ça, Striker !

C'est inattendu : York dit a Striker de me laisser tranquille.

— T'as un faible pour les Esquimaux, hein, dingo ?

Boule après boule atterrissent précisément devant ma cellule. Je vois maintenant les traces brunes, je vois les petits caractères profanés par sa merde.

— Je sais que tu peux parler, tordu, je t'ai entendu ! T'as parlé, quand tu l'as buté. T'es pas muet, menteur de mes deux. Tu parles. Allez, raconte.

À présent, un chœur de protestations s'élève de toute la section. Ce n'est pas de mon livre qu'on se plaint mais de la pestilence. Dans la tempête qui fait rage en moi, je les entends à peine. Je me mets à m'arracher les cheveux par poignées, des larmes douloureuses me montent aux yeux. Je me rappelle ce qui a causé ma deuxième condamnation, mais heureusement il y a des barreaux entre Striker et moi. Heureusement ? Peut-être pas. Je le tuerais avec bonheur.

Je l'étranglerais et je taperais sa sale tête sur le sol de pierre jusqu'à ce que son crâne éclate, que son sang et sa cervelle lui coulent par les oreilles, puis je lui arracherais les yeux de mes longs ongles jaunes et recourbés et avec ces griffes je lui fendrais...

Une boule merdeuse de plus. C'est la couverture de *L'Aube blanche*.

— Fais-nous entendre ta voix, maintenant, tordu.

Trop tard. Je traverse ma cellule comme un boulet de canon, j'attrape le haut des barreaux métalliques et mon corps fait ricochet, il va taper contre les murs, s'ouvre, se déchire, heurte tout ce qu'il peut trouver sur son chemin. À côté, nouveau ricanement triomphant. Je me frotte les bras contre le bord de la cuvette des toilettes, je me troue les joues et je me barbouille de sang. Striker continue à hurler de rire, à lancer des boules de merde, en entendant le sabbat que je mène dans ma cellule. Il sait que je ne peux proférer aucun son alors il continue d'arracher les pages et ça braille dans tout le couloir, pourtant, aucun gardien ne se montre et mon livre préféré gît au sol en un amas de papier couvert d'excréments. Mes cheveux jonchent le sol comme des paquets d'algues terminés par de minuscules follicules blancs. Mes murs sont tachés d'un sang pâle, le mien. Je me cogne d'un mur à l'autre en entendant le rire de Striker.

Le directeur arrive deux jours plus tard. Deux jours passés avec ma couverture sur la tête. Les plateaux sont tombés par terre, la nourriture que je n'ai pas touchée est répandue sur le sol.

— J'ai entendu parler de ce qui s'est passé, dit le directeur, de l'autre côté des barreaux. Striker est un connard.

Ils ont emmené Striker au mitard. Cela n'avait rien à voir avec moi. Les gardiens n'aiment pas la merde. C'est plein de microbes. Quand je suis arrivé ici, si un détenu bombardait un autre avec ses excréments, on ne faisait pas tant d'histoires. Mais aujourd'hui, avec les hépatites, le sida et les staphylocoques, les gardiens voient rouge.

Sous la couverture, je protège mon visage de mes maigres bras. Là où j'ai arraché des cheveux, la peau se referme et me démange. Je comprends maintenant le sens de l'expression être à la dérive, sans ancrage, lorsqu'on perd ce que l'on a de plus précieux.

— Les gens sont de vrais connards, parfois, soupire le directeur.

Il ne reste plus rien.

— Je t'ai apporté quelque chose, dit-il.

Par le guichet, il fait tomber un petit livre à couverture blanche. Il est si neuf que je sens l'odeur de l'encre. Il tombe sans s'ouvrir sur le sol de pierre maculé. Il n'a jamais encore été feuilleté par personne. Le dos est intact.

Je n'ai jamais vu de livre neuf. Je le lorgne sous ma couverture à travers ce qu'il me reste de cheveux.

Il est tombé face en l'air et on peut lire le titre. *L'Aube blanche*.

Je ne peux pas m'en empêcher. Je dégringole de ma couchette pour le récupérer. Il ne faut pas qu'il reste sur ce sol infect. Je le saisis entre mes griffes. Je le tiens serré sur ma poitrine, je sens sous mes doigts le papier glacé de la couverture. L'odeur du papier et de l'encre est divine.

Mon cœur bat à toute force et je comprends pourquoi on dit « battre la chamade ». C'est le bruit de tambour que fait le sang lorsqu'il transporte dans tout le corps la magie des mots. Je regrimpe sur mon lit et cache à nouveau ma tête sous la couverture, le livre contre mon cœur en pleine tourmente.

Je veux dire merci au directeur mais bien sûr, je ne peux pas parler.

— Comment vas-tu, maman ?

C'est toujours ce que dit la dame quand elle rend visite à sa mère et, chaque fois, ce « maman » lui brise le cœur.

Elle doit en ramasser les morceaux et les remettre dans sa poitrine.

Sa mère a des miettes sur les lèvres et le regard vide. Et puis elle réalise que c'est sa fille qui est là. La dame lui prend la main. Elle est froide, alors elle la masse. Dès que la vieille femme redescend sur terre, elle se met à se plaindre. Les aides-soignantes le disent, sa mère est une geignarde de première.

Aujourd'hui, elle se plaint d'une résidante de sa maison pour handicapés. Elle est sûre qu'elle lui a volé le parfum que sa fille lui a offert à Noël. On a eu beau lui expliquer mille fois que c'est elle-même qui l'a terminé, rien à faire. Elle est obsessionnelle, c'est le terme savant pour dire qu'elle bloque et que c'est drôlement pénible.

La dame l'écoute parler, parler sans fin et elle sent monter en elle une douleur sourde, familière. Cette femme est sa mère, la personne qui l'a mise au monde et qui l'a allaitée, lui a-t-on dit, jusqu'à ce qu'elle ait presque deux ans. Qui l'a aimée, à sa façon. L'a nourrie, si on lui rappelait de le faire, l'a câlinée lorsqu'elle pleurait. L'a oubliée au parc. N'a jamais été capable de l'amener chez un médecin. Se trompait en lisant le thermomètre. Appelait l'ambulance pour un rhume mais ne réagissait pas quand elle se cassait quelque chose. Ne savait pas régler un réveil de sorte que sa fille n'était jamais à l'heure à l'école. N'a jamais acheté une brosse à dents, ne lui a jamais lu une histoire, n'a jamais pu suivre une recette de cuisine. Mais la serrait dans ses bras, l'embrassait et l'aimait de façon immodérée. Des choses somme toute normales lorsqu'on grandit avec une mère qui a un QI de 69, pense la dame.

— Tout va bien, maman ?

Elle a commencé à s'occuper de sa mère à cinq ans. C'est à cet âge qu'elle a compris qu'elle était la fille d'une de ces handicapées mentales dont tout le monde se moquait. Même les gentils animateurs de la télé. Tarée, demeurée, débile, elle a tout entendu.

Peu importe, elle l'aimait, sa maman. Elle voulait la protéger. Alors elle a appris à faire la cuisine et le ménage. Elle s'occupait de sa mère et les copains de sa mère s'occupaient d'elle : un cercle morbide et désespérant.

Elle n'a jamais été du côté de ces personnes normales qui taquinaient, raillaient, se moquaient de sa mère au magasin, la suivaient en imitant sa démarche de canard ou sa façon de parler. Elle n'a jamais voulu non plus être du côté des amis de sa mère, des dingues, des simples d'esprit et des hommes bizarres que l'on croyait bienveillants alors même qu'ils vous souillaient. Elle se souvenait de leurs noms aussi nettement que de ceux des détenus qu'elle connaissait dans le couloir. Danny, David, Alfonso, Robert et Joe.

Quand la dame était enfant, sa mère semblait attirer les ennuis. Un simple trajet en bus était risqué : invariablement, un salaud décidait de s'asseoir à côté de la femme demeurée et de sa jolie petite fille. Combien de fois avait-elle tiré sur la manche sale de sa mère avec pour seul résultat de s'entendre dire « tais-toi, toi » parce qu'elle croyait que le gentil monsieur voulait lui faire la conversation alors que c'était sur la toute petite fille brune assise à côté d'elle qu'il posait son sinistre regard.

Elle avait vite compris que, si elle racontait ces choses-là, elles seraient séparées. À treize ans, elle en avait parlé à un psychologue scolaire parce qu'elle avait peur de tomber enceinte. Ce jour la hante encore, elle a le sentiment terrible de l'avoir trahie. Quand la police avait débarqué à l'école pour l'interroger dans le bureau de l'infirmière, elle avait vu sur leurs visages blasés qu'elle ne rentrerait plus jamais chez elle. Elle avait été envoyée dans un foyer pour jeunes filles victimes d'abus sexuels. Sa seule consolation, des années plus tard, avait été de retrouver sa mère et de la placer dans cet établissement spécialisé de qualité.

— Tu vas bien, maman ?

C'est sa mère, cette femme aux cheveux clairsemés, au corps tassé. Cette femme à l'haleine de pommes mûres, aux seins écroulés. Une femme qui, des années durant, a laissé des hommes passer sa porte pour abuser de son enfant. Pas parce qu'elle était une mauvaise mère, mais pour une raison plus difficile à accepter : parce qu'elle ne voyait pas le problème.

La dame sort deux poupées Barbie de son sac. Sa mère a toujours adoré les poupées. Dans ses plus anciens souvenirs, elle se revoit jouant ensemble aux Barbie pendant des heures, sur le divan déchiré, dans le salon éclaboussé de soleil où les rideaux fabriqués dans de vieilles nappes projetaient leurs motifs changeants. Elle finissait par avoir faim et, dans la cuisine sombre et humide, elle grimpait sur les plans de travail pour trouver quelque chose à manger.

Toi aussi, maman, tu aurais eu besoin qu'on s'occupe de toi.

Elle est ravie de voir les yeux noisette de la vieille femme s'éclairer à la vue des poupées de plastique aux cheveux filasse. Elles s'installent à la table du salon des visiteurs et se mettent à jouer. Une aide-soignante passe et, à les voir, son regard s'attendrit.

— Nous sommes qui, aujourd'hui ? demande la dame.

Elle imagine le prêtre assis à côté d'elles à la table. C'est une vision surprenante mais pas gênante. Elle se dit qu'il serait plein de compassion.

— Des princesses, répond sa mère avec un petit rire.

— Oui. Des princesses, reprend la dame.

Assis dans ma cellule, je me rappelle le médecin que j'avais vu dans mon enfance lorsqu'on m'avait envoyé à l'hôpital psychiatrique. J'avais peut-être douze ans, à l'époque, je ne sais plus exactement. Le temps s'était arrêté. J'étais en sécurité. Personne n'essayait de me faire parler.

C'était un jeune psychiatre. Il avait de petites rides au coin des yeux et des cheveux décolorés par le soleil. On aurait dit un surfeur. Sur son bureau se trouvait une figurine en pâte à modeler peinte aux doigts. Je me disais qu'un jour, peut-être, je pourrais moi aussi lui en faire une. Il dirait du bien de moi à ses amis. Il sourirait en prononçant mon nom.

Il ne m'avait pas demandé de parler. Il m'avait tendu une feuille de papier et un crayon. J'avais posé le crayon sur le papier et appuyé comme si je voulais empêcher mes rêves de s'échapper.

— Montre-moi, avait-il dit.

Lentement, j'avais fait un dessin et lui avais tendu la feuille en silence.

Il l'avait longuement regardée, puis ses yeux s'étaient posés sur moi, pleins d'une infinie compassion. C'était la première fois de ma vie que quelqu'un semblait me comprendre.

— Où ? m'avait-il demandé.

Je me souviens d'avoir regardé par la fenêtre, au-delà de la clôture surmontée de fil barbelé, au-delà du minuscule carré d'herbe où pendait une balançoire métallique sur laquelle on ne voyait jamais aucun enfant.

Je m'étais tapé la poitrine. C'était à l'intérieur de moi.

Il avait hoché la tête comme si c'était évident.

Il ne m'avait pas posé les questions qu'on me posait toujours, ne m'avait demandé ni pourquoi je ne parlais pas, ni ce qui m'était arrivé, ni pourquoi je mordais, grognais et m'enfuyais. Il s'était adossé à sa chaise et m'avait observé un long moment.

Je m'étais vu dans ses yeux. J'avais vu un garçon maigre aux mains folles et aux yeux plus fous encore.

— Je me demande si nous pouvons t'aider, avait-il dit.

J'avais secoué la tête.

Nous étions restés longtemps les yeux dans les yeux. Puis nous avions regardé par la fenêtre, vers cette liberté qui me serait à jamais interdite.

À présent, la dame voit York une fois par semaine. Elle se dit que le temps presse, elle doit travailler sans relâche à ce dossier. Mais elle lui a promis de lui construire un château fort, le lieu sécurisé dont il a besoin pour lui confier ses secrets, comme tous ses clients. Cela peut même le faire changer d'avis.

Aujourd'hui, le soleil est couleur de miel pâle. York adresse au ciel son drôle de sourire ébréché. Le travail qu'a fait la dame lui importe peu. Il veut parler de lui.

De petits détails lui reviennent.

— C'est drôle, la proximité de la mort aide à se souvenir, dit-il. Un bus scolaire ramassait tous les gosses de Sawmill Falls pour les amener à Squiggle Creek.

Il raconte qu'il l'attendait devant la cabane où il vivait avec sa mère au bout d'un chemin de terre. Parfois le bus passait mais, le plus souvent, il ne passait pas. Il évoque un professeur qui lui a appris à compter avec des dominos. Il parle de tante Beth, du formidable poulet frit qu'elle faisait, jadis, sur son vieux fourneau de fonte.

— Une sacrée cuisinière, dit-il.

La dame se demande si la faim ne lui fait pas enjoliver les choses. Il parle de sa mère et il la défend :

— C'était une bonne maman.

— Elle vous aimait, répond simplement la dame.

— Ouais. Les gens veulent pas piger ça.

— Pourquoi ?

— Parce que... Vous savez bien...

— La maladie n'empêche pas l'amour. Ni la vôtre ni la sienne.

Il la regarde, médusé, puis il hoche la tête. Il n'est plus très loin, maintenant.

— Elle a fait son possible, tout son possible, dit-elle d'une voix douce. Elle n'a pas été capable de mieux. Mais elle vous aimait. Et vous l'aimiez, peu importe ce qui s'est passé plus tard.

Le regard de York s'assombrit.

— Ceux qui venaient la voir, ceux-là ne l'aimaient pas, reprend-elle.

La rage est là, elle la voit, juste derrière ses yeux étincelants.

York se met à parler d'une voix étouffée. C'est comme le chant des oiseaux après la nuit tombée, pense la dame.

— Je grandissais, voyez, la puberté, tout ça, et c'était comme si des secousses électriques se faisaient dans ma tête. Je sentais des… courants bizarres.

— Oui.

— Ça a commencé vers mes douze ans. J'avais mangé de la terre, j'avais faim, OK ? Et j'ai eu l'impression qu'une graine, un truc bizarre, s'était plantée en moi, voyez, en plein dans mon bas-ventre. Et que peut-être elle avait germé.

Il faut qu'elle soit prudente, qu'elle avance pas à pas.

— Qu'est devenue la graine, York ?

Il a l'air angoissé.

— Un arbre dur, qui faisait que pousser.

Elle baisse la tête, attentive. Des tempêtes font rage en elle. Qu'y a-t-il, dans notre monde, qui fasse naître un désespoir aussi déchirant ?

— Plein de fois, je me suis endormi en me disant que le lendemain, au réveil, j'aurais des regrets. Mais je n'en ai jamais eu.

Elle lève vers lui des yeux humides.

— Est-ce que ce serait encore possible ? demande-t-elle.

— Quelle importance ça aurait ?

Elle songe que les avocats qui l'emploient ne comprennent pas. Ils ne comprennent pas que des hommes comme York ont été ravagés bien avant d'atterrir ici, ravagés par ce qu'ils ont fait et ravagés par les années passées dans l'isolement du donjon. Les avocats s'imaginent que les sortir du couloir de la mort va donner à ces pauvres hères une humanité véritable, qu'ils vont marcher et parler comme tout un chacun et qu'ils pourront respirer à fond sans avoir mal à l'âme.

York et ses semblables sont comme ces poissons aveugles qui vivent dans les abysses. À la surface, ils périssent.

— Je comprends pourquoi vous voulez mourir, déclare-t-elle.

— C'est ce que disent la plupart des gens.

— Je ne parle pas de la vie dans le couloir. Je veux dire qu'à votre place je voudrais mourir.

Il la regarde intensément. Ses yeux de faucon sont brûlants.

— Ah ouais ? Pourquoi ? À cause de ce que j'ai fait ?

— Oui.

Dans son regard, la colère cède à la tristesse.

— J'aime pas faire le gars bien poli, surtout avec une jolie dame comme vous, mais pour une fois je vais dire s'il vous plaît.

— S'il vous plaît quoi ?

— Sortez d'ici et laissez-moi mourir.

Quand York dit qu'il n'a pas de remords, je le crois. Comment des hommes comme nous peuvent-ils savoir ce que ce mot signifie ? Tels des écureuils cherchant des noisettes, nous glanons émotion après émotion et nous nous demandons : « Est-ce du remords ? Est-ce de la culpabilité ? »

Ceux qui n'ont pas été violés ne comprennent pas ce qu'on ressent quand le corps n'a plus de contours, quand tu as l'impression que chaque centimètre de ta peau est livré aux doigts des autres, que chacun de tes orifices est forcé d'accepter les membres d'un étranger. Quand ton corps est désintégré, ton âme n'a plus nulle part où aller et s'échappe par la fenêtre la plus proche.

Mon âme m'a quitté quand j'avais six ans. Elle a passé un rideau qui claquait au vent et s'est envolée par la fenêtre. Je lui ai couru après, mais elle n'est jamais revenue. Elle m'a abandonné sur des matelas humides et puants. Elle m'a abandonné dans l'obscurité étouffante. Elle a pris ma langue, mon cœur, mon esprit.

Sans âme, tes idées deviennent terrifiantes. Elles prolifèrent en tumeurs effroyables. Tu pleures, la nuit, parce que tu sais qu'elles sont fausses – tu le sais parce qu'on te l'a dit –, mais cela ne change rien. Tu es infesté par tes idées et ton âme n'est plus là pour les contrôler.

Quand à dix-huit ans j'ai quitté l'hôpital psychiatrique, que le vent a emporté mes papiers et que j'ai marché jusqu'à ce que je tombe sur une maison, j'ai cru que mon âme se cachait peut-être derrière l'étoffe qui voletait à la fenêtre.

Mon âme n'y était pas. Les idées s'y trouvaient et elles ont donné naissance à quelque chose d'innommable.

C'était il y a longtemps, mais j'ai eu de bons avocats. Pas du genre Faucheur et Associés. Ils avaient quelqu'un qui faisait le même travail que la dame. Cet homme a appelé des témoins à la barre. Ils ont fait pleurer certains jurés. Moi je les écoutais, assistantes sociales, voisins, grands-parents même, derrière l'écran de mes cheveux. Les journaux ont dit que je ne manifestais aucune émotion. Comment aurais-je pu être ému en écoutant le film de ma vie projeté à l'envers ?

Quand les jurés ont rendu leur verdict et qu'ils n'ont pas demandé la peine de mort, les avocats m'ont donné des claques dans le dos tandis que, derrière moi, une femme gémissait. On m'a dit que, dans un cas comme le mien, il était inouï d'échapper à la condamnation à mort.

Mes défenseurs étaient ravis, mais ils n'allaient pas là où moi j'allais. On avait mis entre mes mains une bombe pour le reste de mes jours. Cette bombe, c'était ma vie.

Les avocats pour qui travaille la dame ont un cabinet bien meublé avec une salle de réunion et un secrétaire pour répondre au téléphone. La quantité de plaques, de diplômes et de récompenses accrochés aux murs – souvent obtenus grâce à des enquêtes qu'elle a menées – a de quoi vous faire tourner la tête.

Ils ont tout sauf du bon sens, pense-t-elle.

Les avocats refusent de croire que York veuille vraiment mourir. Ils lui dénient même le droit de l'envisager. Cela fait près d'une heure qu'ils discutent de la question.

— Il ne changera pas d'avis, dit la dame.

— Comment le savez-vous ? demande le plus jeune des deux associés d'un ton assez agressif.

Elle boit une gorgée de café et reprend en s'efforçant de garder son calme.

— J'ai multiplié les provocations. Je lui ai même dit qu'à sa place, moi aussi, je voudrais mourir.

— Vous lui avez dit quoi ?

— Je n'ai pas de retour. Il réagit un peu et puis, pouf, plus rien.

— Il est déterminé, dit l'aîné des avocats.

Elle lui lance un regard reconnaissant et reprend :

— Pas seulement. S'il était seulement déterminé à mourir on pourrait peut-être renverser la vapeur et le déterminer à vivre. Non. C'est autre chose.

— Quoi donc ?

Elle lit le respect dans son regard.

— Il est prêt.

L'homme a un sursaut ; son jeune collègue est simplement en colère et change de sujet.

— Comment progressent vos recherches ?

— Plutôt bien, répond-elle évasivement.

— De nouveaux éléments ?

Elle pense à la mère de York assise sur son lit en blouse à fleurs, les jambes nues et mouillées. Elle n'a pas envie d'en parler. Elle boit son café sans répondre.

— Il ne nous reste plus que quelques semaines.

Comme si elle l'ignorait. Elle reprend une gorgée de café.

Les deux hommes abandonnent. Ils savent que, s'il y a quelque chose à trouver, elle le trouvera.

Comme elle s'apprête à quitter le cabinet, l'aîné des avocats l'arrête en posant une main sur son bras. Elle se retourne et voit dans ses yeux qu'elle l'intéresse. Il la regarde avec une bienveillance sincère.

Mais elle ne peut y répondre. Elle l'a fait, par le passé, et cela ne mène nulle part.

Le bâtiment qui me fait le plus peur est le Bloc H.

J'évite même de penser à cette construction d'un blanc glacial qui s'élève au milieu de nos murs de pierre couleur sable. Eux ont quelque chose de vivant tandis que ce bloc, construit dans les années soixante selon les principes sanitaires les plus modernes, n'est que froid béton. Les murs sont parfaitement lisses. Il n'y a pas de fenêtres, pas même d'étroites ouvertures à barreaux comme dans les autres bâtiments. Comme si Dieu avait décidé qu'un corps n'a pas besoin de respirer. C'est un bâtiment sans gorge. Les hommes qui y entrent n'en sortent jamais.

C'est le Quartier sous Haute Surveillance, ou QHS. Les détenus l'appellent la maison de la mort. On y envoie les fous – enfin, ceux dont la folie énerve les gardiens. Si vous êtes silencieusement fou, cela ne gêne personne. Le Bloc H est censé répondre parfaitement aux besoins des détenus. Le personnel d'entretien ne porte pas d'uniforme, les gardiens ne sont pas armés. L'air conditionné emporte toutes les mauvaises odeurs et les murs insonorisés étouffent les cris les plus puissants.

Les cellules sont des boîtes exiguës faites de parois métalliques d'un seul tenant. Un étroit guichet permet de glisser les plateaux aux heures de repas ; le reste du temps, il est fermé par un clapet isolant. Lorsqu'un homme se trouve dans un de ces cachots, nul ne peut l'entendre appeler. Il peut y rester des jours, des semaines, des années. Nul n'en sait rien, nul ne vérifie. Seule une planchette à pince accrochée à la porte indique le nom du détenu et l'heure de son dernier repas. Si la planchette tombe, si quelqu'un prend la feuille pour faire des copies, elle peut se perdre. L'homme qui vit là est alors totalement seul.

Il y a des années de cela, les gardiens ont senti une mauvaise odeur provenant d'une cellule au fond du niveau 1. Ils pensaient que c'était une cellule vide. Il n'y avait pas de planchette à la porte et donc pas de raison de penser qu'elle était occupée. Quand ils l'ont ouverte, ils ont trouvé un homme mort depuis plusieurs semaines. L'air conditionné avait chassé une bonne partie de l'odeur et préservé ce qu'il restait de ses mains. L'homme avait eu tellement faim qu'il avait mangé ses propres doigts.

Comme toujours, une enquête a été ouverte. La planchette a été retrouvée au fond d'un panier à linge. Le détenu était un chef de gang. La raison pour laquelle il se trouvait au Bloc H n'était pas claire. La rumeur disait que c'était un complot du chef d'un gang rival et d'un officier du renseignement corrompu. La confusion a été telle que les enquêteurs, fatalistes, ont parlé de regrettable erreur humaine.

Les petits hommes aux marteaux sont dans les murs de ma cellule.

Je me demande comment ils font pour être aussi rapides. Les murs sont silencieux et, d'une minute à l'autre, ils sont là, en nombre. Ils dégagent une odeur bien à eux, de sciure mouillée et d'urine. Ils galopent comme des rongeurs, dans des tunnels, sous la cour et les bâtiments, et se retrouvent ici, par douzaines. On pourrait penser que les murs sont étanches, mais non. Ce lieu est plein de trouées et de passages secrets.

Je les entends tard le soir dans le mur derrière mon lit. C'est le directeur qui les envoie, j'en suis sûr. Non. Le directeur est un type bien. Il ne ferait pas ça. Qui, alors ?

Je me coule le long du mur comme une araignée, j'y plaque l'oreille, je respire silencieusement dans le noir.

Les petits hommes trottent en rigolant. On dirait qu'ils font la fête, là-dedans. Je n'arrive jamais à comprendre ce qu'ils disent. J'ai horriblement peur qu'ils grimpent jusqu'au plafond et le fassent s'écrouler. Que tout le poids du sol qui pèse au-dessus de nos têtes s'effondre sur nous. C'est un plan habile. Nous étoufferons dans la terre et la poussière. Pour moi, ça m'est égal, mais je n'aime pas l'idée que cela arrive aux autres. Enfin, Striker, ils peuvent le tuer, mais pas les autres.

— Ne faites pas ça, ai-je envie de leur crier. Ne faites pas s'effondrer les murs !

Mais bien sûr, je ne peux pas parler. Je ne peux que me rencogner tristement sur mon lit. Je grince des dents si fort que de vives douleurs explosent le long de mes nerfs à vif. Je reste là si longtemps, à écouter, que je finis par cracher un de mes derniers chicots. Il tombe sur ma cuisse, long, jaune et sanguinolent, couronné de noir.

Des heures plus tard, les petits hommes se taisent enfin. Je suis incapable de dormir tellement j'ai mal à la mâchoire.

Je me méfie d'eux. Qu'ont-ils fait ? Pourquoi viennent-ils ici ?

Voilà, je comprends. Ils ont tiré un fil dans les murs ; en partant, ils appuieront sur le bouton et le répondeur s'enclenchera.

Pas ça, s'il vous plaît, pas ça, voudrais-je leur souffler.

Mais ils se moquent bien de moi. Je ne suis qu'un corps empilé parmi d'autres sur lesquels ils trottinent, la nuit, pour manger la corne de nos pieds.

C'est une tonalité, que j'entends ?

Non. Je retombe sur ma couchette. Dans un lointain pays, un téléphone sonne. Je mets mon oreiller sur mon visage et je crie en silence. J'entends toujours la sonnerie.

À l'autre bout de la ligne, une voix de femme, tremblante, répond, une fois encore :

— Donald ? Donald ?

La dame et le prêtre marchent le long des murs surmontés de rouleaux de barbelé, à l'extérieur de la prison.

Ils marchent à l'ombre des ormes, puis sous les noyers

en évitant leurs fleurs semblables à de grosses chenilles vertes. Le prêtre marche lentement, comme s'il traînait des pieds. La dame, en nymphe des bois, a l'air de s'attendre à découvrir quelque merveille à chaque tournant.

— Bien des catholiques diraient que vous travaillez pour Dieu en sauvant des vies, avance le prêtre.

— Je ne sauve pas de vies. J'empêche seulement quelques exécutions.

— Y a-t-il une différence ?

Elle lui jette un regard. Il le sait, qu'il y a une différence. Elle lève les yeux vers le haut mur qu'ils longent.

— Il y a ici près d'une douzaine d'hommes que j'ai sortis du couloir de la mort. Ils ne seront pas exécutés. Mais je ne peux pas dire que je leur ai sauvé la vie, seulement que j'ai retardé leur mort.

Il s'abreuve de sa peau fraîche, de la noirceur de ses yeux.

— Beaucoup de gens s'en contenteraient.

— De cette vie ? Je n'en suis pas sûre.

— La plupart des hommes que vous avez libérés sont heureux d'être ici.

— Qu'est-ce que cela dit de nous, ou d'eux ?

Il s'arrête sous un orme. Un vent léger agite les feuilles au-dessus d'eux. On est presque en juillet, on s'approche à toute allure de la date entourée en rouge sur le calendrier de la dame. Elle sent monter la panique. Elle ne devrait pas être ici à discuter alors que l'exécution de York est imminente.

— Est-ce que vous les sauveriez tous ? demande-t-il.

Elle sait que c'est pour lui qu'il pose la question.

— Oui.

— Même quelqu'un comme Arden ?

La dame songe à ce qu'elle sait d'Arden, à ce qu'il a fait. Elle essaie de regarder cela en face et puis son esprit se détourne, horrifié. Elle trouve affligeant qu'on se souvienne des tueurs et pas de leurs victimes. Et si le monde oubliait Hitler et rappelait les noms de tous ceux qu'il a tués ? Et si on immortalisait les victimes ?

La brise joue dans les cheveux du prêtre. Il attend.

— Je sauverais Arden, dit-elle.

Il hoche la tête et ils continuent à marcher comme s'il n'y avait plus rien à dire.

La dame sent son ventre se nouer. Elle a l'impression d'avoir confessé un terrible péché, le péché de zèle. Mais le prêtre, lui, se sent pousser des ailes. Si elle peut sauver Arden, pense-t-il, peut-être me sauverait-elle aussi.

La dame mène avec les avocats une discussion imaginaire qu'elle ne souhaite pas avoir dans la réalité.

Elle parle à A, le petit prétentieux, de faire une analyse du sang de York. Peut-elle moralement demander une telle chose sans expliquer pourquoi ? Le jeune avocat se lance dans un discours et elle comprend tout de suite que c'est peine perdue.

B, plus âgé et plus sage, intervient pour dire non, non, écoute la dame, elle connaît son affaire. Puis il enchaîne sur quelque subtilité légale, on dirait des logarithmes diaboliques.

Elle décide de s'en occuper toute seule. C'est curieux comme elle tient à garder le secret, sur ce dossier. Pour le moment elle ne veut pas que les avocats sachent ce qu'elle fait.

Un simple coup de fil à un expert médical de sa connaissance lui apprend qu'il suffit d'un flacon de sang. Il lui donnera le résultat quelques jours plus tard.

Dans le donjon, la dame marche lentement entre les rangées de cellules. Devant chacune, elle prononce mentalement le nom du détenu. Jones, Hildebrand, Sandoval, Large, Hall, Junior, Martin, Pearson, Lockridge. Mayfield, Porter, Aguilar, Flack, Green.

Les hommes la regardent passer. Ratcliff, Hoffman,

Leopold, Mason, Curtis, Rogers, Dowd, Duncan et Wyatt. Certains glissent leurs mains entre les barreaux, comme pour implorer de l'aide.

Boon, Watt, Hurley, Saltzman. Jeffries, c'est bientôt son tour, après Striker et York. De sa couchette, il lève la tête vers elle. Elle voit qu'il est résigné.

Elle jette un coup d'œil à l'intérieur et croise leurs regards graves. Wincour, Casey, Williams, Caird, Irvin, McLear, Graham, Becker.

Il y a une cellule qu'elle évite. Elle presse le pas en passant devant. C'est celle d'Arden. Il en émane quelque chose d'horrible dont même elle a peur.

Sutro, Hakim, Dupree, Holt, Shaw. Elle respire mieux.

Au bout du couloir, le directeur l'observe. Il est seul, il joue avec un antique trousseau de clés. Il a beaucoup vieilli ces derniers temps, pense-t-elle, dans un douloureux élan de sympathie. Elle a entendu dire que sa femme souffrait d'un cancer en phase terminale.

— On vient choisir le prochain ? lui demande-t-il.

— J'ai une liste d'attente, plaisante-t-elle.

La tête rejetée en arrière, il éclate d'un rire franc, à faire trembler les barreaux et qui les étonne tous les deux. Il a de belles dents, note la dame. Le col de sa chemise est déboutonné, elle voit les fils d'argent dans la toison noire de sa poitrine.

— Bigre ! Eh bien, prenez votre temps. On ne va pas vous attendre éternellement.

— Je sais, dit-elle avec un sourire avant de s'éloigner.

Elle trouve le prêtre dans son bureau, penché sur un livre. La lampe éclaire sa calvitie naissante. Comme c'est attendrissant, pense-t-elle. Il lève la tête, surpris, et pique un fard.

— Excusez-moi, dit-elle.

— Non, non. Je lisais… ça.

Il retourne son livre pour qu'elle voie le titre. *L'Aube blanche : une saga arctique*, de James Houston.

Le bruit de l'incident causé par Striker s'est répandu. Le prêtre feuillette le volume.

— J'espérais saisir ce que ce bouquin a de si précieux. Je me disais que, si je parvenais à comprendre cela, je pourrais peut-être comprendre ces hommes, explique-t-il en reposant l'ouvrage. Mais je n'y vois qu'une histoire comme tant d'autres, conclut-il dans un murmure.

Elle se sent submergée par l'envie de le protéger, à le voir si peu confiant dans son corps d'adulte.

— Si vous comprenez ce qui touche Arden, ce qu'il y a de magique à ses yeux, alors vous comprendrez n'importe qui.

— Oui, mais il me semble que « magique » n'est pas le mot.

— C'est de la magie, dit-elle.

— L'Église a une position singulière sur ce sujet.

Elle hausse les épaules, que l'on devine frêles sous sa veste chaude. Le froid vous pénètre ici, dans le donjon.

— Je ne parle pas de magie noire, ni même de magie au sens littéral du terme. Pas d'histoires de potions, de prophéties ou de châtiments.

Elle s'interrompt, cherche ses mots. Sans y penser, elle appuie sa hanche sur le bord de la table. Il lève la tête vers elle, remarque les mèches de cheveux noirs qui encadrent ses traits pâles et délicats.

— Je parle de la magie de l'espoir, reprend-elle après un temps de réflexion. Je ne connais pas ce détenu. Mais s'il lit des livres, il doit connaître cette magie-là. Ce qu'il lit n'a pas d'importance. L'essentiel, c'est que la lecture lui ait ouvert un autre monde.

Elle baisse les yeux vers le prêtre. Il est bouche bée.

— Les hommes comme York, comme Striker, poursuit-elle, et même comme Arden, sont sensibles à cette magie, tout autant que nous. Peu importe ce qu'ils ont fait, c'est quelque chose qu'ils reconnaissent. Votre Dieu comprendrait, je crois. Il les jetterait peut-être dans les flammes de l'enfer, mais il saurait que leur regard peut être le même que le nôtre.

— Et leur âme ?

Elle prend une inspiration profonde.

— Excusez-moi, dit-il machinalement.

— Ne vous excusez pas.

Elle sourit, rassemble ses idées et change de position, comme pour mettre son corps au diapason. Sa petite main vient se poser près de la sienne, sur le bureau.

— Je ne sais pas, répond-elle. Qu'est-ce que l'âme ?

*

— Peut-être ce que vous appelez la magie ?

— C'est possible.

Sans réfléchir, elle pose sa main sur la sienne.

Leur geste en reste là. Le courant passe à nouveau entre eux, elle a le sentiment d'être reliée à lui, elle a rarement ressenti cela par le passé. Ils se laissent porter par l'instant. Elle lui est reconnaissante de ne pas retirer sa main, de ne pas se confondre en excuses, de ne pas chercher d'explications. Il a l'air d'accepter, tout simplement, et elle en a le cœur réjoui.

Elle en vient presque à regretter ce qu'elle est venue faire ici. Mais elle va quand même aller au bout, parce que c'est son travail et son client. Elle retire doucement sa main.

De la poche intérieure de sa veste, elle sort une petite seringue qu'elle a cachée là, sachant qu'elle passerait inaperçue des détecteurs de métaux. C'est le modèle en plastique que diabétiques et drogués utilisent couramment, vendu au poids dans les drugstores et fourni gratuitement dans la rue aux héroïnomanes, dans l'espoir de réduire la propagation des maladies. Il lui a suffi de cinq minutes dans une pharmacie pour s'en procurer une.

Le prêtre considère la seringue dans sa main. La dame sait ce qu'il pense : me suis-je fait berner ? Pourtant il sait bien que ce n'est pas le cas, il connaît le motif de sa visite, mais il y a eu autre chose. Pour une fois, il a l'impression de comprendre :

— J'ai besoin d'un échantillon du sang de York, dit-elle. Il faut que vous alliez le voir pour lui demander de remplir cette seringue. Ensuite, vous refermerez le tube et vous me le ferez passer aussi vite que possible.

— Je ne sais pas prélever du sang.

— Peu importe. York sait. Il est en prison depuis des années. Il deale la blanche N° 4.

— Pardon ?

— Trafic d'héroïne, dans l'argot des prisons. La nôtre est loin d'être clean, soit dit en passant. Ceux qui se piquent à l'héro veulent qu'on les envoie ici parce que l'approvisionnement y est excellent. York saura prélever l'échantillon lui-même. Ah, et n'oubliez pas de mettre des gants pour prendre la seringue.

Le prêtre regarde les yeux noirs et tristes de la dame.

— Que dois-je lui dire ?

— La vérité. Que la dame a besoin de son sang.

— Et s'il refuse ?

— Il ne refusera pas.

— Pourquoi pas ?

Elle fouille dans son sac et en tire une photo de Troy Harney prise à la fin de sa visite. La nuit était tombée et, dehors, l'obscurité avait envahi les bois. Troy l'avait invitée à rester, mais elle avait gentiment décliné l'offre, percevant son excitation d'homme seul. Elle n'avait pas envie de se dépêtrer d'un homme qui viendrait la rejoindre dans son lit, même d'un homme poli qui saurait entendre un refus. Alors elle lui avait dit non merci, mais s'il vous plaît, laissez-moi prendre une photo ici, dans la cuisine. Troy

Harney avait accepté, et c'était cette photo-là, avec ses yeux bruns rougis par le flash.

— Dites-lui que j'ai trouvé Troy.

— Troy ?

— Il saura en voyant la photo. Dites-lui... dites-lui qu'il n'y a pas qu'une seule manière de faire la fête.

Le lendemain, le prêtre se rapproche discrètement d'elle alors qu'elle se hâte de quitter la prison. Il lui tend une enveloppe en papier brun qui contient la seringue. Elle a l'esprit ailleurs, elle cherche à s'en aller, c'est l'heure du verrouillage général de la prison, elle prend à peine le temps de dire merci. Elle franchit les portes juste avant que les voyants rouges ne s'allument, et ne rendent toute sortie impossible.

En rejoignant sa voiture, elle jette un coup d'œil dans l'enveloppe. La seringue est pleine, le sang a coulé à l'extérieur. Pourvu que le prêtre ait bien mis des gants. Un homme comme York est à coup sûr un vrai foyer d'hépatite.

Il y a un petit mot en lettres majuscules, l'écriture des gens sans instruction.

TROY COMMENT ? demande le message.

Espèce de saligaud, se dit la dame. Chercher, depuis le couloir des condamnés à mort, à nuire au seul homme qui ait voulu t'aider. Je ne te donnerai pas son nom de famille, ni aujourd'hui ni jamais.

Le lendemain matin, elle envoie la seringue en urgence à son ami médecin.

Pour parvenir au sommet du mirador, il faut d'abord déverrouiller une lourde porte. Puis monter l'étroit escalier qui sent le renfermé. Les marches s'élèvent vers un futur obscur et caverneux. Tu montes, en faisant s'entrechoquer torche électrique, matraque, fusil et couteau réglementaire, le fusil dans une main et la gamelle en plastique bleu de ton déjeuner dans l'autre. Ton ceinturon pèse lourd. En cas d'incendie, il n'y aurait pas d'issue et tu rôtirais ici parce que les pompiers se désintéressent de ce monde enchanté. Tu te dis que c'était comme ça, quand on montait les marches d'une tourelle ou d'un donjon voilà bien des siècles.

Quand tu arrives en haut, il n'y a pas de belle dame qui t'attend. Tu es seul dans une petite pièce qui fait penser à un phare. Tu poses ton fusil sur le bureau devant l'une des fenêtres ouvertes. De là, tu peux voir le mirador d'à côté et tu fais signe à ton collègue. Tu poses ta gamelle près du poste de radio, que tu règles sur ta station régionale favorite, tout bas, parce que tes supérieurs n'aiment pas qu'on mette fort, tu le sais. La radio t'aide à rêver de lieux et de temps plus heureux. Tu dois mettre le volume assez bas pour pouvoir entendre les bruits et les appels qui viennent de la cour – comme c'est énervant d'entendre les mêmes voix jour après jour, les chefs de bande, les lèche-culs, les cogneurs.

Tu t'installes près de la fenêtre ouverte. Tu poses ton fusil sur tes genoux. Tu jettes un regard sur ton copain dans le mirador d'à côté, puis sur le vaste ciel. Tu vois la rivière qui serpente près de la prison, au-delà du mur. Au-dehors, c'est une scène paisible ; la prison est située à l'écart de la ville. Au-delà du parking asphalté, où tu vois le capot de ton pick-up refléter l'éclat éblouissant du soleil, il n'y a aucun signe de civilisation. Rien que le moutonnement des collines.

La radio joue une jolie chanson qui te fait penser aux bains de rivière de ton enfance. En bas, dans la cour, tu entends le fracas des poids de musculation et les éclats de voix incessants des frimeurs. Les détenus sont sous la cloche bleue du ciel comme des mouches dans une bouteille. Ils ne se rendent pas compte à quel point ils sont petits.

Ce qu'il y a de pire, dans ce mirador, c'est l'ennui. Des heures d'ennui, à entendre les voix, les poids de musculation, les apostrophes habituelles – hé, Tommy, je l'ai ta came, hé, Joe, qu'est-ce qu'un taré comme toi vient foutre ici – et tu n'oublies jamais que tout peut exploser d'un moment à l'autre. Sans prévenir, la cour peut basculer dans l'émeute, comme dans l'un de ces films de zombies où l'infection se répand et où brusquement tous marchent les bras tendus, assoiffés de sang et prêts à massacrer tout ce qui bouge.

Alors tu te mets à chercher les signes. Tu repères le détenu qui se tient à l'écart, bras croisés, l'air attentif. Tu prends garde aux mouvements inhabituels autour de l'aire de musculation, ou au solitaire qui traverse la cour d'un pas décidé dans une direction qui ne devrait pas être la sienne. Parfois, c'est le bruit mat d'une balle qu'on vient de lancer et puis c'est un joueur qui se retourne brusquement, la rage peinte sur son visage.

Le plus souvent, c'est le jour où un nouveau détenu débarque dans la cour. Les pires sont les criminels célèbres. Peu importe ce qui les a rendus célèbres : c'est la notoriété, et non le crime, qui propage l'infection parmi ceux qui sont déchus de leurs droits. Plus leur célébrité est grande, plus ils sont contagieux. Ces jours-là, il faut ouvrir l'œil. Tu as déjà été prévenu. Daniel Trubock, assassin notoire de femmes mariées, va venir dans la cour aujourd'hui. S'il ose.

Il a osé. Tu vois sa crinière rousse franchir prudemment les portes et avancer, hésitante, et tu vois autour de lui les détenus s'arrêter avant de refluer comme les vagues à marée basse. Les gros caïds qui soulèvent la fonte se retournent. Tu ne t'inquiètes pas pour eux ; les hommes comme Risk vont prendre leur temps avec les semblables de Daniel Trubock. À cet instant, ils se contentent d'observer, un mauvais sourire aux lèvres. Ceux que tu tiens à l'œil, ce sont les jeunes loups, ces têtes brûlées qui ont envie de se faire un nom.

Tu te lèves et tu tiens ton fusil, d'une main tranquille. Ton cœur bat vite mais régulièrement. Le règlement est formel : feu vert pour tirer. Tu es profondément d'accord avec ça, toi aussi. Feu vert pour tirer. En bas, les hommes sont petits, et l'infection gagne. Si elle se propage trop loin, trop vite, elle sera devenue incontrôlable avant que tu aies pu réagir. Alors ce sera l'émeute, avec des colonnes de fumée et des gardiens comme toi pris en otages, puis torturés et démembrés avant de mourir. C'est déjà arrivé ici, tu le sais, et cela arrivera encore, tu le sais aussi. Tu ne veux pas que tes bras et tes jambes soient balancés dans la cour.

Tu lèves ton fusil, à l'épaule.

Tu observes la petite tête rousse qui avance d'un pas élastique et tu espères ne pas avoir à tirer mais tu te prépares à agir. Peu à peu, la contagion gagne ton cœur. Tu ne veux pas faire ça. Pourtant tu le feras. Lorsque l'infection se répand – tu le sens tout à coup dans le mouvement de la cour et la foule des hommes qui se fend devant un type qui vire à gauche pour foncer sur Daniel Trubock, si vite que tu en as le souffle coupé – tu sais qu'il te faut décider en quelques secondes si l'éclat entrevu dans les mains de l'homme qui court est celui d'une lame ou simplement celui du soleil dans tes yeux.

Dans le fond de ton cœur, tu sais ce que tu feras. Ce n'est pas sur l'assaillant que tu vas tirer. C'est sur cette petite tête rousse qui s'avance au milieu. C'est elle que ton cœur désigne à ton doigt, pour éliminer l'infection.

Le prêtre déchu marche dans le couloir. Son pas me dit qu'il n'aime pas ce qu'il doit faire aujourd'hui. Cela concerne Striker.

Les gardiens attendent devant la cellule de Striker. Le sixième, marmonne le prêtre. Le sixième que j'aurai conduit à la mort cette année.

Le corps sec du prêtre n'a pas oublié les habits sacerdotaux, mais le reniement a réduit sa carrure. Maintenant, il porte des treillis que l'on dirait achetés au décrochez-moi-ça et qui sont trop grands pour lui. Apparemment, il a perdu beaucoup de poids ces derniers mois, à servir un régime de mort.

Les gardiens détestent le prêtre. Pour eux, les hommes comme lui tapissent le ciel de légendes romantiques, mais ici sous terre, dans ce monde enchanté, nous savons bien que la vie ne se résume pas à un slogan ou à une tablette de prière. Nous savons que la bienveillance s'exerce aussi par la force et que les chaînes s'imposent avec la bénédiction du ciel, que tout être humain doit faire pénitence et que, sans cela, nous cherchons tous un châtiment, sans cesse, jusqu'à ce que corps et esprit soient satisfaits et que notre mort arrive.

Nous entendons la faiblesse dans la voix du prêtre, presque un murmure lorsqu'il s'approche de la cellule et demande qu'on lui ouvre. Les petits hommes aux marteaux prêtent l'oreille, accroupis dans l'épaisseur des murs, ils jacassent gaiement entre eux.

J'entends la peur dans la voix de Striker qui répond. C'est la peur d'un homme qui a rendez-vous avec sa mort.

Les portes s'ouvrent avec fracas et le prêtre entre, accompagné des gardiens.

J'entends Striker pleurer.

Le prêtre ne peut pas administrer les derniers sacrements puisqu'il est déchu. Mais ceux qui vont bientôt mourir s'en moquent. Striker réclame une prière, et j'entends la voix douce et mélodieuse du prêtre avant de me perdre dans mes souvenirs.

J'entends une musique dans ma tête, c'est drôle, c'est un air qui m'était sorti de l'esprit depuis de longues années. C'est une chanson qui marquait la fin d'un show télévisé quand j'étais enfant. Je m'en souviens maintenant, j'étais chez mes grands-parents. Ils avaient une maison au bord de la mer, au-delà des parcs à huîtres. Je devais avoir huit ans, c'était environ un an avant mon placement. Curieux, non, comme en vieillissant les souvenirs lointains vous reviennent en mémoire ? Cela m'arrive de plus en plus souvent, à croire que les souvenirs du dehors refont surface et que ce monde enchanté se transforme en rêve. Je me souviens des vagues qui se brisaient sur les rochers de cette baie sauvage, et de la petite maison de mes grands-parents battue par les vents, près du rivage. Je me rappelle encore les mains de mon grand-père, rougies et abîmées par la pêche, semblables à des pinces de homard. À la vue des embruns, je m'imaginais que la mer fumait et je me souviens de l'odeur fauve des rochers qui sentaient le phoque. Mon grand-père m'avait raconté que les phoques se balançaient sur les vagues et, ce jour-là, j'étais resté des heures sur les rochers ruisselants à les chercher des yeux en pensant à leur poil lisse et brillant, à leur corps rebondi et à leurs grands yeux d'ébène humides.

Ce soir-là, ma grand-mère m'a donné un bain, elle pleurait en silence en me frottant énergiquement, puis elle m'a mis un pyjama qui collait à mon dos encore humide. Je me suis assis devant leur petit poste de télévision, en attendant ma chanson préférée de l'émission de Lawrence Welk. Celle que j'adorais, celle qui marquait la fin du show : le chant d'adieu. Je l'entends pendant que Striker pleure.

Au revoir, farewell, auf Wiedersehen, adieu,
Je garde l'espoir de bientôt vous revoir,
Auf Wiedersehen, bonsoir,
Adieu à elle, à lui, adieu,
Bonsoir, farewell, auf Wiedersehen, au revoir...

Curieux comment ça marche, le souvenir ! Je me rappelle que ma grand-mère m'a apporté une tasse de bon chocolat chaud, tellement chaud que les marshmallows me brûlaient la langue, avec une entame de pain blanc tout frais tartiné de margarine. J'ai mangé mes bonbons du soir puis elle m'a emmené me coucher et m'a bordé dans mon lit, alors j'ai écouté les vagues se briser sur les rochers, bercé par cette chanson et les voix de mes grands-parents qui chuchotaient dans la chambre d'à côté.

— Il parlait avant, Eldridge, a-t-elle murmuré.

— Je sais, petite mère, je sais, a répondu mon grand-père.

Le lendemain, je portais les mêmes vêtements que la veille – mes seuls vêtements, propres et repassés à présent, le pantalon orange délavé beaucoup trop court avec la chemise aux boutonnières effilochées –, ma grand-mère avait les yeux rougis d'avoir pleuré et j'attendais que ma mère vienne me chercher avec son nouvel ami. J'avais beau savoir à quel point ma grand-mère souffrait, mon cœur était rempli d'espoir et je brûlais d'envie de me précipiter dehors parce que j'aimais ma maman et que je l'aimerais toujours.

— Je sais, je sais, dit maintenant le prêtre.

Le couloir tout entier avait fait silence pour écouter.

— C'est trop tard ? implore Striker.

Le prêtre ne répond pas. Son cœur s'est décoloré, à force. Il ne peut plus mentir.

— Dieu vous donnera la réponse, dit-il tout bas.

Le couloir se tait. De l'autre côté de moi, York est assis dans sa cellule et écoute, mains posées sur les genoux. Je suis assis sur mon lit, ma couverture sur la tête, et je serre *L'Aube blanche* sur ma poitrine.

Cela se passe toujours comme ça. Il y a des gens qui ont des portes à fermer, des pièces à traverser. Ici, nous n'avons aucune intimité. Nous sommes pris au piège, tout le temps nus les uns devant les autres. Que tu chies, que tu pètes, que tu ronfles, que tu hurles dans la nuit, tout le monde entend tout. Nos portes, c'est le désir qui les façonne. Mais les portes érigées par nos désirs sont sans doute plus résistantes que l'acier.

Les prières sont terminées. Le prêtre se lève, en sueur ; comme toujours, il a l'impression de s'y être mal pris. Dieu l'aimerait davantage s'il était meilleur. Je vous en prie, Seigneur, pense-t-il, permettez-moi de devenir meilleur.

Striker s'essuie le visage. Il cherche désespérément en lui-même un sentiment d'absolution et se tourne vers le prêtre qui secoue son pantalon trempé de sueur.

— C'est tout ? demande-t-il.

— Oui, c'est tout, répond le prêtre en hochant la tête.

— Je m'attendais à plus.

Le directeur se tient devant la cellule, flanqué des gardiens. Ils portent la chemise noire des bourreaux. Le directeur est vêtu comme à son habitude, d'un pantalon et de sa chemise d'uniforme.

Le directeur n'aime pas que cela traîne en longueur.

— Terminé ? demande-t-il au prêtre d'un ton respectueux.

Le prêtre hoche la tête. Il aurait aimé que la dame s'occupe de ce cas. Mais Striker n'était pas son client.

Striker pleure.

— Je ne veux pas mourir, sanglote-t-il.

Ça t'apprendra à détruire mon bouquin, salaud, me dis-je. Tu mérites qu'ils se plantent dans les doses pour que t'étouffes sur le chemin de l'enfer.

— Prêt ? lui demande le directeur, et j'entends Striker répondre oui dans un souffle.

La porte s'ouvre avec fracas, j'entends les chemises noires entrer pour menotter Striker et lui mettre les fers.

Striker ne dit rien, il sort de sa cellule en traînant les pieds. Jésus a fait une dernière promenade, je crois, tout comme Hitler. Chacun de nous attend son tour, et maintenant c'est le tien. Jusqu'ici, le seul qu'on ait raté, c'est le diable, mais une fois qu'on l'aura coincé, on aura perdu notre fonds de commerce, toi et moi.

Striker passe devant moi, encadré par les gardes qui le tiennent par le coude pour plus de sécurité et pour le guider. Il avance dans le couloir en pleurant, je tire la couverture par-dessus ma tête et serre mon bouquin très fort.

— Bon vent, lance un détenu.

— Bien le bonjour à Odin, dit un autre.

Puis de nouveau un long silence, et de l'autre côté de ma cellule sort la voix douce et pénétrante de York.

— C'est moi le prochain, mon salaud. C'est mon tour.

Après l'exécution de Striker, on débranche les tubes. Les porteurs de cadavre lui ôtent prestement son uniforme souillé, qui partira à la blanchisserie pour servir au prochain détenu. Ils font rouler son corps nu sur l'un des chariots métalliques cabossés de la cafétéria, et jettent par-dessus un vieux drap plein de taches de peinture. Les porteurs attendent que tous les témoins soient sortis de la zone avant d'embarquer la dépouille de Striker au crématorium.

Lorsqu'on a construit ce lieu enchanté, c'était pour en

faire un établissement entièrement autonome. Derrière les murs de la prison, il y avait des terres cultivées par les « courtes peines ». Aujourd'hui, ces champs sont en jachère, envahis de moutarde sauvage. On avait fabriqué des moulins pour les céréales cultivées sur place, et des cuves gigantesques pour le pain destiné aux prisonniers, un pain de blé grossier contenant tout le son. Aujourd'hui, ces pétrins traînent par terre dans des sous-sols oubliés où ils se remplissent de poussière, et les moulins ont été démontés et vendus depuis longtemps au ferrailleur. On avait bâti des usines pour que les détenus confectionnent eux-mêmes leurs vêtements, avec la laine que les femmes cardaient en ce temps-là dans leur prison. L'usine se trouve toujours dans le bâtiment G, mais aujourd'hui les détenus fabriquent une marque de vêtement très en vogue, Convict Blues, vendue dehors à des prix exorbitants. On avait aussi construit une infirmerie et une petite chapelle dans la cour. À présent, cette chapelle sert de cabane aux violeurs.

À cette époque, voilà un siècle, on se disait que les hommes allaient rester ici jusqu'à la fin de leurs jours, et qu'ils ne devaient pas coûter à la communauté. Quand ils mouraient, leurs cendres aussi devaient rester ici. Il n'y avait aucune raison de gaspiller de l'argent pour les tombes de ces pauvres bougres. Bien plus simple, se dit le tout premier directeur, d'incinérer les morts.

Alors on a construit un crématorium. Il n'y a pas loin de trois mille détenus dans cette prison, et le roulement est constant. Comme les hommes meurent ici en continu, sous les coups de l'âge et de leurs codétenus, on voit souvent la fumée sortir de la cheminée noire de suie à l'arrière du Bloc H.

Le four se trouve dans les profondeurs du sous-sol, dans les entrailles de la chaufferie. Il n'a rien de spécial, ce pourrait être un grand four à pain. Il s'ouvre par une porte en métal munie d'un lourd loquet à ressort. L'intérieur garde les marques des plombages et des prothèses métalliques chauffés à blanc pendant l'incinération.

Il est très tard quand le chariot de Striker traverse la cour. La lune éclaire faiblement le sol poussiéreux. Les porteurs descendent le cadavre au sous-sol dans le monte-charge qui grince et le laissent devant le four. Les jambes blanches de Striker pendouillent sous le drap jeté à la va-vite. Il rejoint deux autres cadavres sur des chariots. Le premier est celui de Daniel Trubock, le célèbre meurtrier, tué d'une seule balle, mort officiellement d'une blessure à la tête. L'autre est un vieillard anonyme. Il est arrivé ici voilà des années pour un délit mineur – vol à l'étalage – et a passé des décennies enfermé dans l'un des mitards du Bloc H, à chanter comme un dingue.

Deux nouveaux gardiens descendent l'escalier de fer, tout en enfilant leurs gants ignifuges. Ils ouvrent la porte du four.

Les gardes attrapent les corps par les mains et par les pieds pour les enfourner. Tout nu, hormis la touffe de poils noirs de son sexe et les tatouages d'un bleu délavé sur la peau flasque de ses bras, Striker est précipité à l'intérieur. Ses fesses blanches ressemblent à deux pierres effilées.

La porte est refermée brutalement, le four mis en marche. Il chauffe à 1 800 degrés, mais c'est une vieille machine poussive. Il faut compter de trois à cinq heures pour incinérer les corps, en fonction du nombre d'hommes à l'intérieur.

Personne n'aime rester près du four quand il fonctionne, pas même le personnel féminin qui semble plus endurci, plus apte à côtoyer la mort. En brûlant, les corps sifflent et explosent. Lorsque les crânes éclatent sous la pression, ils font un bruit ignoble, comme si l'on écrasait des punaises géantes.

Les gardiens s'en vont et gravissent l'étroit escalier métallique pour rejoindre une petite pièce humide où ils déjeunent. Ils mangent dans leurs gamelles et boivent un mauvais café dans des gobelets en polystyrène. Ni l'un ni l'autre n'a beaucoup d'appétit. L'homme lit un magazine automobile. Sa collègue tricote une paire de chaussons bleus pour le bébé de sa meilleure amie.

— Tu aurais imaginé travailler ici un jour ? demande l'homme à sa collègue.

La femme secoue la tête, sans lâcher des yeux le petit chausson.

— Mais dans la conjoncture actuelle, je peux pas me plaindre.

Elle a un bon sourire d'ouvrière.

— Il me tarde que cette période d'essai soit terminée pour quitter ce four, ajoute-t-il.

Tous les nouveaux gardiens sont affectés au four pendant leur période d'essai. Si tu supportes le désespoir de ce poste-là, tu es capable de supporter n'importe quoi. Et puis là, loin des détenus, les gardiens sont bien placés pour apprendre les règles tacites de la prison. Il existe une série de règles écrites à apprendre, mais celles qui comptent, ce sont les autres.

Le jour est presque levé quand les gardiens redescendent. Sitôt la porte ouverte, ils reculent pour chasser l'épaisse fumée.

— À cause de ce boulot, plus question de barbecue, plaisante le gardien.

— C'est malin, tu me donnes envie de faire griller des côtelettes ! rétorque sa collègue.

L'homme secoue la tête en se moquant d'elle.

Ils sortent les cendres chaudes à la pelle pour les vider dans des urnes improvisées, de vieilles boîtes à café qu'ils empilent sur un autre vieux chariot de cafétéria. Ils se dépêchent de tout racler pour remplir les boîtes. Les cendres des défunts sont toutes mélangées, mais qui va trouver quoi que ce soit à redire ? Quand les boîtes sont pleines, l'homme ferme le couvercle métallique à coups de marteau, et la femme inscrit au feutre noir, sur le dessus, les matricules des prisonniers. Il n'y a aucun nom sur les urnes. Ici, tu meurs sous un numéro.

Quand ils ont terminé, la gardienne passe le râteau dans le four pour récupérer les débris métalliques pendant que son collègue pousse le chariot chargé des nouvelles urnes dans l'une des pièces en enfilade, comme autant de cagibis souterrains pour les morts.

Là, du mur au plafond, les cendres sont entreposées sur de hautes étagères en bois. Des années d'inondations ont fait pourrir le bois et rouiller les boîtes. Dans certaines pièces, les étagères se sont effondrées et d'immenses amas de boîtes fusionnées par la rouille forment d'étranges gargouilles métalliques. En été, les boîtes sèchent puis se mettent à gonfler et explosent. Des rivières de cendres grises ont coulé le long des étagères, laissant d'épaisses traînées sur le sol. Avec le temps, les cendres compactées se sont accumulées sur plus de deux centimètres. Elles s'infiltrent dans les fissures du ciment pour s'écouler loin sous terre, de sorte que si l'on creusait sur plusieurs mètres de profondeur, on trouverait de multiples veines de cendres.

Le gardien marche sur cette croûte pour trouver un espace libre et balance les trois urnes, par-dessus un tas d'autres, sur l'étagère du haut. Les cendres sèches crissent sous ses pieds et se collent aux semelles de ses rangers noirs.

Lorsqu'ils ont terminé, les gardiens éteignent les pâles lumières et quittent le sous-sol. Un petit bout de dent est resté coincé sous sa semelle, le gardien s'arrête sur les marches en fer de l'escalier pour l'extraire avec son couteau réglementaire. Sa collègue l'attend patiemment, une main posée sur la rampe.

Le four cliquette en se refroidissant. Les derniers panaches de fumée douceâtre s'échappent de la cheminée.

C'est là que les grisegoules apparaissent.

J'ai peur de parler de ces créatures. Parmi les innombrables merveilles de ce monde enchanté, les grisegoules me terrorisent plus que tout.

Elles entrent dans l'enceinte du four, bestioles grises

tenant à pleines mains leurs petits ventres distendus de cannibales et gémissant de douleur comme si elles allaient mettre bas. Je les sens même de l'endroit où je suis, c'est l'odeur du sucre à la cannelle qui a viré à l'aigre. Les grisegoules ne se précipitent pas en ricanant comme les petits hommes aux marteaux. Elles ne s'esclaffent pas en se tapant les cuisses comme Risk et ses acolytes. Elles ne se bagarrent pas comme York, ne pleurent pas de douleur comme le garçon aux cheveux blancs, elles ne prennent pas plaisir à décrocher le téléphone comme Conroy. Elles ne mentent pas comme la dame, ne se figent pas comme le prêtre, ne s'échinent pas comme le directeur.

Elles ne font rien d'humain, et c'est cela qui m'effraie.

Les grisegoules se tortillent devant le four sur le sol chaud en tenant leur ventre ballonné. Je m'imagine, dans leurs entrailles, les spirales de mort grises et luisantes qui n'attendent que la prochaine fournée.

Leur danse macabre achevée, les grisegoules se relèvent lentement. Elles passent d'une pièce à l'autre, cherchent en reniflant les urnes fraîches. Elles escaladent les étagères avec une détermination muette en plantant dans le bois pourri leurs dents aiguisées comme des rasoirs. Elles ne font aucun bruit en découvrant les boîtes de cendres encore chaudes. Elles grimpent dessus, les yeux mi-clos, et les entourent de leurs bras et de leurs jambes, tels des insectes ou des reptiles qui cherchent la chaleur. Elles se mordent avec une fureur froide si l'une d'elles se met en travers de leur chemin. Leurs morsures ouvrent des plaies grises pareilles à de la glaise inerte. Ces blessures ne saignent pas, elles ne suintent pas : on pourrait y glisser une pièce de monnaie.

Quand je serai mort, on me jettera dans le four et on me mettra en boîte, par pelletées, comme Striker et les autres. Cela me va. Je ne serai plus que cendres. Je préférerais être moins encore, mais cela me va quand même.

Ce qui me déplaît, c'est de penser que les grisegoules vont grimper sur ma nouvelle peau de métal encore chaude. Je n'aime pas m'imaginer pris dans leur étreinte pendant qu'elles absorbent ce qu'il me reste de chaleur.

Mais ce monde enchanté élabore sa propre vision des choses, je le sais. Mes yeux ne sont pas ceux du Seigneur. Mes yeux ne sont pas ceux des lézards parmi nous, ceux de la poussière, des pierres et des cœurs sanglants. Les choses sont ainsi. Et c'est bien comme ça.

Le lendemain de l'exécution de Striker, la lampe du plafond vacille pour m'annoncer la nouvelle : les chevaux d'or vont courir. Ils semblent toujours courir peu après une exécution. Je vois leurs naseaux mouchetés d'or et leur pelage de bronze, leurs muscles bandés et leurs ardents yeux noirs. Des yeux aussi noirs que du jais, ou que du bronze coulé dans du métal – des yeux pareils à ceux de la dame. Ou de York. Des yeux noirs qui ne voient rien d'autre dans leur course que l'ivresse joyeuse du mouvement.

Dehors, la clarté est éblouissante, les hommes s'arrêtent dans la cour, ils sentent bouger le sol sous leurs pieds. Autour de l'aire de musculation, Risk et ses acolytes s'interrompent en percevant les tremblements souterrains. Le monde enchanté reste suspendu, tête inclinée pour écouter.

Courez, chevaux ! me dis-je. Courez. Ils courent avec l'élan merveilleux du désir, leurs flancs sont gonflés, leurs queues un panache d'or, leurs crinières un ondoiement de jaune éclatant. Personne ne les chevauche ; personne n'en serait capable. Ils s'élancent sous terre comme si le soleil séjournait là et pouvait se lever pour réchauffer le sol en surface, le chauffer comme du métal en fusion. J'entends leurs trépidations jusque dans mon donjon, je vois la fine poussière s'échapper des murs lorsqu'ils passent dans un bruit de tonnerre. Courez, chevaux ! Courez !

Un deuxième tour, les tremblements reviennent. Au deuxième passage, le sol résonne du martèlement de leurs sabots quand ils passent devant le mur de ma cellule. Les hommes de la cour vacillent, hésitants, quand, du haut d'un mirador, jaillit un cri : « Tous à terre », gueule cet imbécile. Il ne sait donc pas que les chevaux se sont mis à courir ? Les hommes se jettent au sol de peur de recevoir une balle dans la nuque, et c'est tant mieux car, dans cette position, ils peuvent sentir les mottes de terre sous leurs mains. Ils peuvent sentir les mouvements des chevaux d'or, sentir leurs muscles, sentir la puissance de leur course.

Une petite voix s'élève d'un kiosque à musique, au loin. On dirait celle d'un présentateur radio d'un autre âge. Neuf, dit la voix, huit ou six. Quatre, peut-être. Les chevaux courent sous des noms que personne ne comprend. Richard, Glenn, Platon. Les hommes tentent de leur donner un nom, mais il est impossible de nommer quelque chose d'aussi fougueux et imprévisible que ces animaux. Qui pourrait mettre un nom sur une telle puissance ? C'est impossible. Encore un tour, je vous en supplie, et ma prière est exaucée, les tremblements reprennent, alors les chevaux sont soudain de l'autre côté de mon mur, ils le rasent de si près que des paillettes de terre et de mica s'en détachent pour se répandre en une pluie de poussière d'argent sur le sol de ma cellule. Je tombe à genoux pour les faire couler entre mes doigts et je vois les chevaux, leurs corps ont la dureté du métal, je vois l'or blanchir en gagnant leurs échines, puis s'élever en ondes de chaleur, je vois leurs yeux agrandis de plaisir et leurs naseaux dilatés, je vois les volutes de leur désir s'échapper dans un grand cri.

Courez, chevaux ! Courez ! Le donjon tout entier vibre de l'intensité de leur passage, et j'entends les autres hommes dans le couloir s'exclamer de peur et d'étonnement devant les murs qui tremblent. Leurs sabots s'éloignent une fois encore, je suis à genoux, je plonge les mains avec un plaisir indicible dans les poussières laissées derrière eux.

La radio lance un appel dans le lointain. Les projecteurs des miradors clignotent une première, puis une seconde fois et les hommes de la cour se relèvent, ils essuient la poussière sur leurs mains en échangeant des rires embarrassés. Ils ne s'arrêtent pas pour prêter l'oreille au bruit des chevaux d'or qui se retirent dans les profondeurs de la terre. Ils n'ont pas comme moi le cœur serré de savoir que les chevaux m'ont frôlé de près et qu'ils sont repartis, une fois de plus.

Je ne sais pas quand ils reviendront. Ils ont fendu le sol pour repartir dans le monde souterrain, là où brûlent les rivières rouges, où les falaises prennent feu. Je ne sais pas comment s'appelle l'endroit d'où ils viennent. Ce pourrait être l'enfer ou le paradis, ou même la porte qui mène à l'un ou l'autre – cela me dépasse tout autant que leurs noms. Mais je sais que les chevaux d'or galopent là-bas, leurs crinières pareilles à des langues de feu, leurs jambes tendues dans la pure joie de la course, leurs sabots sans crainte de maudire la poussière.

La dame n'est pas dans la prison quand Striker est exécuté. Elle n'assiste jamais aux exécutions, qu'il s'agisse ou non de ses clients. Elle souffre pour le prêtre qui doit être présent, mais voir les hommes mourir ne présente aucun intérêt pour elle.

Elle s'intéresse davantage aux vivants.

Comme promis, elle rapporte à tante Beth la photo de York enfant avec sa mère. Elle est toujours aussi emballée par la forêt bleue. Elle espère pouvoir passer la nuit dans le même motel et repérer en route des petits chalets à louer – juste un rêve, songe-t-elle.

Tante Beth ne dit pas grand-chose durant cette visite. La dame est habituée. Entre les familles et elle, une lassitude finit par s'installer. Il arrive un moment où, quand tous les secrets ont été révélés, il ne reste plus que leurs spectres vidés de toute substance. Elle a prévenu tante Beth qu'une fois le dossier bouclé, elle disparaîtrait de sa vie. C'est une vérité importante qu'elle tient à préciser.

Ainsi, elles ont plaisir à partager ce moment d'amitié,

assises ensemble devant la maison, baignées dans la douce chaleur de ce début d'après-midi.

Tante Beth masse ses doigts de pied enflés, enfoncés dans de gros chaussons qui boulochent.

— Y va mourir ? demande-t-elle finalement.

— Je ne sais pas, répond la dame d'une voix douce. C'est possible.

Tante Beth hoche la tête en soupirant. Elle lève les yeux vers les collines. Aucune promesse. La dame remarque qu'elle s'est mis un peu de rouge sur les joues, qu'elle a attaché ses cheveux gris avec de vieilles épingles. Ces petits efforts que font les familles quand elle vient les voir lui vont toujours droit au cœur.

— J'vais pleurer ce jour-là, même s'il le mérite.

— Bien sûr.

— Vous savez où que sa maman est enterrée ?

— Non.

— J'vais vous donner l'adresse.

La vieille femme hésite puis pousse la dame du genou : un geste rapide mais délibéré.

— J'veux vous demander…

Elle s'interrompt.

— Oui ?

— J'allais demander… ces pauvres gamines.

Tante Beth se tait. Son menton tremble, elle en claque des dents.

— Oui, dit la dame, d'une voix qui semble capable d'absorber une rivière de larmes.

— Vous leur demanderez pardon pour moi ? À leurs familles ?

— Oui, dit la dame. Je le ferai.

La vieille femme fond en larmes, là, devant sa maison, et finalement la dame la prend par l'épaule pendant qu'elle sanglote.

La dame se sent vidée en arrivant à l'adresse que tante Beth lui a indiquée. Ce n'est pas une adresse proprement dite, mais c'est facile à trouver : le parc situé derrière l'hôpital psychiatrique fédéral.

Ils avaient des tombes réservées aux pauvres, à l'époque. Elle pense au crématorium de la prison et se demande ce qui est pire : être enterré sous un numéro ou incinéré ?

L'emplacement dédié à la mère de York paraît trop petit pour un corps, et la dame a la vision épouvantable de ces pauvres gens enterrés côte à côte, emboîtés les uns dans les autres dans une suite sans fin. La mère de York est l'un de ces corps enveloppés dans un linceul avant d'être recouvert de terre avec le ciel pour unique témoin. Personne n'était là pour un dernier adieu. Il n'y a qu'une petite plaque de métal rouillé parmi une série d'autres, avec son nom dessus. La date de sa mort y figure, mais pas celle de sa naissance. Peut-être n'ont-ils pas tenu à la vérifier.

La dame lève la tête et s'aperçoit qu'elle se trouve au milieu de plusieurs centaines de plaques identiques qui s'étirent jusqu'au sinistre petit bois derrière l'ancien parc de l'hôpital. La partie plus récente – celle qui fait bel effet pour le public – est sur le devant, agrémentée de sculptures et d'un imposant bâtiment peint de frais aux couleurs pastel.

Pourtant la vérité est bien là, derrière, se dit la dame, mise en terre dans un espace trop étroit pour un cadavre. La mère de York. Shirley. Enterrée comme des milliers d'autres handicapés mentaux l'ont été pendant des années, dans l'anonymat, voués à l'oubli.

Elle renouvelle sa promesse de donner à sa mère une sépulture digne de ce nom, le moment venu, avec une pierre tombale gravée et joliment fleurie. Les gens normaux peuvent bien se pousser un peu dans ce cimetière pour faire de la place à maman, se dit-elle. Cette pensée la fait sourire.

La dame est contente d'être venue. Parfois, les chemins qu'elle emprunte ne débouchent sur rien qui puisse lui servir au tribunal, mais cela l'aide quand même à comprendre.

Elle trouve bon de fouler la terre qui recouvre les ossements de la mère de York avec ses bottes noires éculées, bon de sentir une considération : Tu as existé, tu as compté, tu étais là.

Elle prend une photo de la tombe, parce qu'on ne sait jamais. York aimerait peut-être voir où sa mère est enterrée.

En partant, elle passe devant une vieille bâtisse rose aux fenêtres qui pleurent des larmes de rouille, entourée d'une clôture anticyclone déglinguée. Elle lève les yeux vers les barreaux de fer et se souvient que c'était le pavillon où, durant des dizaines d'années, des enfants, certains âgés de huit ans à peine, étaient hébergés dans des conditions cauchemardesques, bourrés de tranquillisants, et aussi, à en croire la rumeur, violés par leurs aînés. Elle a entendu parler de ce qui se passait dans cette bâtisse, avant qu'on ne se décide à la fermer.

Puis elle s'en va trouver les médecins qui ont traité la mère de York avant qu'elle ne meure.

Un certain nombre de jours se sont écoulés. Assis sur mon petit lit, je pense à la poussière. La poussière soulevée par la course des chevaux après l'exécution de Striker s'est déposée dans ma cellule. J'ai pris soin d'y toucher le moins possible. J'aime la voir, drapée sur la pierre des murs.

Peu à peu, l'empreinte de mes pas altère le sol. Je n'y peux rien. Je dois me lever pour faire mes besoins et prendre les plateaux-repas.

Ces traces ressemblent à des empreintes reptiliennes, comme si un monstre préhistorique avait marché sur le sol de ma cellule, à pas comptés jusqu'à mon lit.

Je m'accroupis sur ma couche et rabats la couverture sur ma tête. Je m'imagine que le monstre vient me chercher. Est-ce vrai ? Ou pas ?

Il y a des choses dont je ne peux jamais parler. Comme ce que j'ai fait quand j'avais dix-huit ans, après ma sortie de l'hôpital psychiatrique. Je ne voudrais pas que l'idée de cette chose-là circule dans le monde. Les idées sont puissantes ; nous devrions leur prêter davantage attention. J'en connais qui ne seraient pas d'accord avec moi : ceux qui pensent que les idées sont comme un aliment qu'on goûte et qu'on recrache s'il ne vous plaît pas. Pourtant, les idées sont plus fortes que cela. On peut avoir un penchant pour une idée au fond de soi et puis, un jour, ne plus pouvoir s'en débarrasser. Jusqu'au moment où l'on passe à l'action.

J'ai beau être dépourvu d'âme, je ne veux pas que les autres fassent pareil que moi. Il y a des idées qui doivent rester muettes au fond de moi, tout comme les lettres à l'intérieur de certains mots.

Je n'ai pas peur de raconter l'autre vilaine chose, celle qui m'a valu d'être transféré dans ce donjon. Je peux le dire parce que je sais ce que j'ai fait et pourquoi. C'est inscrit dans le compte rendu d'audience.

— Monsieur le directeur, qu'avez-vous découvert ce 4 mars ?

— J'ai trouvé un corps au pied de l'escalier 4A.

— Parlez-moi de cet escalier.

— Il mène à la bibliothèque.

— Bien. Veuillez développer.

— J'ai reçu un appel à neuf heures du matin.

— Veuillez préciser.

— C'est un détenu de service qui a découvert le corps.

— Monsieur le directeur, je vous prie d'être plus coopératif.

— Le corps était celui d'un détenu. Matricule 114 657.

— Et ?

— Il avait reçu des coups de matraque sur la tête… non, c'est inexact. Sa tête avait été écrasée sur les marches.

— Et quelle était la cause de la mort ?

— Traumatisme crânien sévère.

Je vois les taches de sang, aujourd'hui encore.

— Dites-moi, monsieur le directeur, avez-vous réussi à identifier un suspect ?

— Oui.

— Et comment ?

— Le suspect était assis près du corps… il pleurait.

— Veuillez désigner cet homme à la cour.

Le directeur pointe le doigt vers moi.

— Il pleurait, dites-vous.

— Oui. Mais, sans bruit.

— Qu'a-t-il dit ?

— Rien sur le moment. Il ne parle pas.

— Il ne parle pas parce qu'il en est incapable ou parce qu'il ne veut pas ?

Ici, le compte rendu d'audience indique un long silence.

— Je n'en sais rien.

— C'est inexact, monsieur le directeur, vous le savez bien. Je crois savoir qu'il est fait état d'une époque où l'accusé parlait. En fait, il en existe un enregistrement.

— Oui. Autant que je sache.

— Donc, il est capable de parler.

— Monsieur le juge, ce n'est pas à moi de déterminer ce dont une personne est capable.

Je me souviens que le directeur m'avait trouvé là, en pleurs dans l'escalier, en train d'essuyer distraitement mon visage éclaboussé de sang. Il m'avait lancé un regard plein de tristesse et avait lentement dégainé son pistolet de service. Je voyais ce qu'il avait en tête : c'était lui et moi, seuls dans l'escalier sans personne pour dire ce qu'il s'était passé.

— Soit. D'accord. Mais votre enquête a conclu que c'était lui le coupable.

— Oui. Parce qu'il avait du sang et des morceaux de cervelle sur les mains.

— Il a été pris la main dans le sac, pour ainsi dire.

Mon avocat proteste alors d'une voix lasse :

— Objection.

Cette fois-là, il n'y avait pas d'avocats de haut vol, pas de foule dans la salle du tribunal. Pas de flashes qui crépitent à la sortie non plus. Aucun journal pour couvrir l'affaire ; un détenu qui en tue un autre ne fait pas la une. Il n'y avait pas de dame pour expliquer que c'était la faute à mon passé. Dans le tribunal de la prison, il n'y avait que moi, mon avocat commis d'office, l'avocat général, le juge, et un groupe de jurés fatigués qui avaient hâte de rentrer chez eux.

Le seul mystère pour eux, c'était la raison de mon geste. L'autre m'avait-il dit quoi que ce soit ? M'avait-il violé ou violenté ? Personne ne savait. Nous n'étions que deux, l'un de nous était mort et l'autre refusait de parler.

Le directeur était le seul à savoir.

Je voulais lui demander plus tard : Pourquoi n'avez-vous pas tiré, monsieur le directeur ? Vous auriez pu me mettre en joue avec votre arme de service et en finir avec moi dans une gerbe de sang et d'os. J'ai levé la tête vers vous, vous aviez compris que je n'allais pas me défendre. Vous auriez fait un rapport en plaidant la légitime défense. Et même ça, c'était superflu. Vous auriez pu tout simplement me précipiter dans le four et on n'en parlait plus. Personne ne s'en serait soucié. J'en connais plus d'un pour dire que cela aurait été une bonne chose, pas seulement pour moi, mais pour la famille de la victime.

Le directeur venait de baisser les yeux sur le corps gisant à mes côtés, il avait vu son crâne éclaté et sa cervelle qui dégoulinait sur les marches de pierre. Puis il avait remarqué le matricule sur sa chemise. Il avait reconnu le lourd faciès et les dents de lapin. Il connaissait ce détenu pour l'avoir repéré ce jour-là à la bibliothèque, en train d'épier. Il savait quel genre d'homme c'était : un homme comme Risk.

Le directeur savait ce qu'était ma vie en dehors de la bibliothèque. Pour lui, la question n'était pas de savoir pourquoi j'avais tué cet homme. C'était pourquoi j'avais attendu si longtemps.

Même si, de l'extérieur, je n'étais qu'un matricule parmi d'autres, même si les matelas souillés de mon existence faisaient de moi un détraqué de plus, le directeur avait vu autre chose. Il avait vu ce qu'on m'avait fait. Il m'avait vu, moi. Et à cet instant, je comptais. Il avait rangé son pistolet, s'était penché vers moi et avait pris ma main pleine de sang. Il m'avait aidé à me relever. Il m'avait dit qu'il allait m'emmener dans un endroit sûr, un endroit où personne ne me ferait jamais plus de mal.

Mon avocat a tenté de faire valoir que je m'étais bien conduit pendant de nombreuses années – un détenu modèle qui passait tout son temps en bibliothèque. Mais cela non plus n'avait aucune importance étant donné qu'on m'avait trouvé assis, en pleurs, à côté d'un autre matricule sans nom, les mains pleines de cervelle.

C'est comme cela, un meurtre. Ce n'est pas comme à la télé. Ce n'est pas comme dans les livres. Tu tiens la tête d'un homme dans tes mains au moment où son regard chavire et s'éteint. Tu vois le sang couler et le corps s'agiter et tu t'étonnes que ce soit si facile. Et tu penses : Au moins c'était mieux cette fois-ci, j'ai été rapide. Et aussi : Au moins, je n'ai pas regardé à l'intérieur.

Le directeur a été le dernier à témoigner. Pas de circonstances atténuantes, pas de problèmes. Pas de jurés en larmes cette fois-ci, pas de femme qui gémissait au dernier rang, et c'était tant mieux.

Le directeur est passé devant moi en retournant à sa place. Je n'ai pas levé les yeux vers lui. Je suis resté la tête entre mes mains durant toute l'audience, les médecins de la prison m'avaient rasé les cheveux. Mais j'ai senti sa présence, et je savais quel cadeau il m'avait fait : le privilège de pouvoir rester seul.

Il n'a pas fallu plus d'une heure au jury pour prononcer le verdict : la mort.

J'étais content quand le directeur m'a conduit au donjon. J'étais content lorsqu'il a ouvert lui-même la porte de la cellule et que j'y suis entré, en sachant que je n'aurais pas à en ressortir avant le dernier voyage. J'avais fini par me rendre compte que les autres étaient capables de voir les monstres lovés sous ma peau, de voir la terreur. Ils étaient capables de voir les matelas souillés, les jambes grandes ouvertes, tout ce qui était arrivé avant et pouvait encore advenir.

Cela m'était devenu insupportable.

Plus jamais je ne reverrais les beaux oiseaux de nuit duveteux par la fenêtre, plus jamais je ne pourrais m'asseoir dans la bibliothèque sous les rayons obliques du soleil à travers les barreaux, je le savais. Et cela me convenait, parce que ces images-là, je les emportais avec moi, au fond de mon cœur.

Même dans le donjon, je me cache la tête sous ma couverture. En enfer comme au ciel, je n'échapperai jamais à moi-même. La seule solution qui me reste, c'est d'attendre. Nous sommes tous plus en sécurité comme ça, le directeur le sait bien.

Depuis que je suis dans le donjon, le temps n'a plus de sens. Je ne peux pas vous dire précisément depuis quand je suis ici. L'ampoule, dans sa cage de métal au-dessus de ma tête, s'allume faiblement quand ce doit être le matin, et elle s'éteint quand ce doit être la nuit, mais à moins de faire des traits sur les murs, je n'ai aucun moyen de savoir combien d'années se sont écoulées. Je pourrais vous parler des livres que j'ai lus, vous dire combien de fois les chevaux ont couru – à chaque exécution, semble-t-il –, vous parler aussi des petits hommes qui viennent me voir sans crier gare, et des heures sombres quand ces couloirs s'emplissent de souffrance. Mais du temps, je ne peux rien vous dire.

Si je pouvais parler, je pourrais demander aux autres : « En quelle année sommes-nous ? Quel jour ? Le combien ? » Mais à quoi bon ? Qu'est-ce que cela m'apporterait ?

De toute façon, le temps se mesure autrement qu'en comptant les jours. À l'extérieur, les gens pensent que ce sont les horloges qui donnent l'heure. Ils règlent leur réveil pour partir au travail et se lèvent quand l'affichage clignote à six heures du matin. Ils lèvent les yeux sur le mur du bureau qui leur indique que c'est l'heure de rentrer chez eux. La vérité, c'est que les horloges indiquent l'heure mais pas le temps. La mesure du temps, c'est le sens. *Je dois me lever pour aller travailler*, ou *C'est l'heure du biberon*. Ou encore, *C'est l'année où j'ai eu un cancer*, ou *C'est le jour où nous fêtons mon anniversaire*. Ou *Tu te souviens, quand notre père est mort*, ou *N'oublions pas de semer des navets au printemps*. C'est le sens qui pousse les gens à se projeter dans l'avenir, c'est aussi lui qui les rattache au passé, et c'est ainsi qu'ils savent se placer dans l'univers.

Qu'en est-il pour les hommes comme moi ? Pour nous, le temps n'existe pas. Les événements marquants de la vie : naissance, mort, perte, mariage, amour, désir, bonheur n'ont aucun sens dans ce donjon. Ici, le temps passe, mais il ne compte pas. Je pourrais avoir une pendule, mais que m'indiquerait son cadran ? Rien.

Lorsque le temps n'existe plus, tu n'as plus de raison de te lever, tu ne penses pas aux anniversaires, tu n'évoques pas les gens que tu as perdus. Tu flottes dans l'univers, sans être attaché à rien ni à personne. Ton cœur est vide, et parce qu'il est vide, tu es hors du temps. Tu n'as pas de place dans l'univers.

Du moins, c'est ce que je pensais. Mais en écoutant la dame et le prêtre, je ressens les choses un peu autrement.

Je pense davantage au temps maintenant. Pas pour moi, mais pour la dame.

Le temps est compté pour elle, et elle ne le sait même pas. J'entends sa peine quand elle marche, je la sens se glisser en volutes entre mes barreaux. La dame est en quête de temps. Elle cherche comment s'attacher à quelqu'un. Dans le secret de son cœur, ce lieu pur qu'elle protège, elle a peur d'être toujours seule, de cheminer dans la vie sans être connue de personne. Et elle n'y survivra pas.

La dame a peur de se réveiller un matin avec la réponse à la question qu'elle se pose à propos de York : Quand sait-on que l'on veut mourir ?

Si seulement je pouvais lui parler. Je lui dirais : « Madame, ce n'est pas une lente prise de conscience. Et ce n'est pas non plus une illumination. Non, tu te réveilles un matin et tu t'aperçois que tu n'as plus de temps. »

Pour la première fois de ma vie, j'ai envie d'aider quelqu'un. Je veux que la dame trouve ce qu'il m'est impossible de connaître : le don du temps.

La dame et le prêtre sont assis sur un banc près de l'ancien presbytère, juste à l'extérieur de la prison. La vieille bâtisse est d'un blanc délavé. Les fenêtres sont bouchées par du contreplaqué. Autrefois, le prêtre de la prison habitait là. Aujourd'hui, le presbytère sert d'entrepôt à la prison puisque le prêtre a un petit appartement dans la ville voisine, avec une petite cuisine, un jardinet et une vieille gazinière.

Le prêtre a très souvent imaginé inviter la dame à dîner chez lui. Il aime faire la cuisine. C'est l'un de ses rares plaisirs. Il n'a pas trouvé le courage de le lui demander. Il songe, attristé, qu'il ne sait pas comment inviter une dame – il n'en a jamais eu l'occasion.

La dame a apporté son déjeuner et il l'a rejointe. Elle mange, à même le carton, une salade de pâtes achetée chez le traiteur du coin. Elle remarque qu'il a apporté, dans un thermos, une bonne soupe de légumes maison avec des morceaux de courgettes, ça sent bon, le bouillon est plein d'herbes aromatiques, et elle a un peu honte de son repas aseptisé.

Ils restent silencieux quelque temps, la dame picore sa salade. Elle repose la fourchette en plastique et ouvre un paquet de biscuits.

— Pourquoi avez-vous quitté la prêtrise ? demande-t-elle.

Il pousse un gros soupir de soulagement. Il attendait la question.

— J'avais le cœur plein d'amertume, répond-il sans hésiter.

Son expression l'invite à poursuivre.

— Au bout de huit ans d'instruction et de quatre ans au séminaire, je n'avais aucune idée de ce que je voulais réellement faire ni de ce qui m'avait conduit là.

Il lui dit qu'il avait déjà le sentiment d'être un raté, lui le fils prometteur d'une famille pratiquante respectée. Il y avait chez lui quelque chose de gênant, un manque d'assurance qui lui avait valu plus d'une mise en garde de ses supérieurs. « Ce n'est pas tant un manque d'humilité chez toi, lui avait expliqué l'un de ses maîtres. Plutôt un manque de clairvoyance. »

— Après mon ordination, ils m'ont fait payer leur manque de confiance.

Ils lui avaient confié une paroisse catholique moribonde en banlieue. Il n'y aurait pas de poste passionnant pour lui à l'étranger, pas de grandes actions. Il ne restait qu'une poignée de paroissiens dans son église, presque tous sexagénaires.

— Je me suis raconté que je voulais redynamiser notre petite paroisse. Aujourd'hui, je sais que je me contentais de nourrir l'amertume de mon cœur.

La dame écoute. Une brise humide s'est levée, venue de la rivière, une fraîcheur inhabituelle pour cette journée d'été. Le prêtre voit la dame frissonner dans son cardigan. Il verse de la soupe qui sent si bon dans la tasse et la lui tend.

— Les dames de la paroisse ont suggéré des soirées loto, des tombolas de Noël, des dîners spaghettis et des soupes populaires pour les pauvres le jour de Thanksgiving. J'ai accepté toutes leurs idées, mais pour être honnête, je ne savais pas pourquoi j'étais là, au fond.

— Qui le sait ? dit la dame avec un doux sourire, en buvant sa soupe.

— S'il est vrai que le diable attend qu'on lui ouvre la porte, la maison tout entière était ouverte aux quatre vents reprend-il, les yeux perdus au loin en ouvrant un sac qui contient deux petits pains faits maison.

Il en beurre un pour elle.

— Mais ce n'est pas le diable qui m'a poussé à agir comme je l'ai fait, conclut-il.

Il lui raconte que cela a commencé quand un autre prêtre, en charge d'une paroisse beaucoup plus grande et plus fréquentée, s'était rapproché de lui et l'avait invité à joindre leurs forces pour combattre la prostitution enfantine. Jamais il n'oublierait cette remarque d'une innocence effrayante faite par une paroissienne tremblante d'inquiétude lors de leur première nuit de mission. « Mais où sont les lumières rouges ? » avait-elle demandé.

Les gamins aux coins des rues n'avaient pas l'air de victimes. Ils avaient l'air dur. Et les bigotes de sa paroisse leur faisaient tout autant horreur que n'importe quel fanatique brandissant une poignée de culpabilité et trente pièces d'argent de regrets. Dans sa paroisse, un enfant prostitué resterait marqué à vie par ce stigmate, il devait l'admettre. Il vit, avec les yeux de ces enfants, les choix qui s'offraient à eux : soit une charité passagère avec sa contrepartie de honte, soit une orgueilleuse indifférence.

Cette nuit-là, la première, le petit groupe arpenta les rues dans le froid hivernal en distribuant les brochures des programmes d'aide sociale. Le lendemain, ses fidèles adeptes avaient fondu de moitié, et la nuit suivante, il ne restait plus que lui. Le froid était trop pénible, les rues trop difficiles. C'était plus simple de préparer le loto d'hiver et la soupe populaire de Thanksgiving.

Cette nuit-là, il parcourut les rues sombres tout seul, une veste chaude par-dessus sa soutane.

Pourquoi entra-t-il dans le club ? Il l'ignorait. Il se raconta qu'il voulait se rendre utile. Mais son esprit était confus. Jusqu'ici, il avait suivi sa voie consacrée, comme Hansel et Gretel les miettes de pain sur leur chemin et, au lieu de trouver une fin heureuse pour toujours, il avait trouvé une maison de sucre et un four où bouillonnait le désarroi.

Le club était bien tenu. Il flottait une discrète odeur d'eau de Javel. Quelques tables étaient occupées par des hommes seuls. Sur une petite scène décorée de guirlandes argentées, une fille. Il mit du temps à se rendre compte qu'elle était nue. Dans ce cadre, sa nudité semblait presque banale. Il avait toujours été chaste, sans toutefois être innocent. Il n'y avait pas la moindre sensualité dans ce spectacle. Il se sentait aussi protégé que dans une bibliothèque.

Un garçon posa une serviette sur la table. Cinq dollars le soft ? Oui, apparemment.

Il resta là un bon moment, curieusement détendu. Il n'avait aucune idée de ce qu'il faisait, il était simplement là. Il sirota son verre.

Il y avait de la musique. Des filles faisaient lentement le tour de la salle. L'une d'elles s'approcha. Elle était jeune et fraîche, avec des joues rebondies et des hanches rondes d'adolescente.

— Une danse sur table ? demanda-t-elle.

Il secoua la tête, ne sachant pas de quoi elle parlait.

— Tu m'offres un verre ?

— D'accord.

Elle s'assit et aussitôt, le garçon apparut. La fille commanda un grand Coca light, le prêtre en fut de ses dix dollars et comprit la manœuvre.

— Quel âge as-tu ? lui demanda-t-il en remarquant l'éclat de sa peau.

— Seize ans.

Elle haussa les épaules tout en sirotant son verre. Devant son air épouvanté, elle ajouta aussitôt :

— Mais j'ai un permis qui dit que je suis majeure. T'es pas flic, hein ?

Elle posa un regard innocent sur son col romain.

— Je suis prêtre, lui dit-il, et il lui fut reconnaissant de ne pas lui servir l'habituelle plaisanterie sur les pédophiles.

Elle but son Coca en lui racontant son histoire. Qu'elle vivait dans la rue depuis qu'elle avait quatorze ans, et qu'elle avait de la chance de travailler dans ce club parce qu'on était bien là, en sécurité, et qu'elle gagnait de l'argent et avait son propre appartement. Elle avait des projets – elle voulait décrocher son diplôme de fin d'études. « Je vais m'inscrire aux cours du soir », déclara-t-elle fièrement. Son livre préféré entre tous, c'était *Les Garennes de Watership Down*. Son récit avait la simplicité de la vérité, et d'ailleurs, tout s'était vérifié. Elle était réellement qui elle disait être.

— Je perds mon temps, lâcha-t-elle en riant quand ils eurent bavardé un petit moment.

— Comment ça ?

— À discuter ici sans danser.

Il regarda autour de lui et vit ce qu'elle voulait dire.

— Tu veux une danse sur table ? demanda-t-elle pleine d'espoir. Dix dollars pour une chanson.

— Non merci, dit-il avec un sourire.

Il se leva pour partir.

— J'ai faim.

Et avant qu'il ne s'en rende compte, il était déjà parti lui chercher à manger au club de jazz d'en face. Le plat de pâtes de cette fille lui revint plus cher que tous ses repas de la journée, mais il l'acheta quand même. Il revint avec la barquette en polystyrène et la regarda manger. Elle ne lui proposa pas de le rembourser.

Ils devinrent amis. Il n'y a pas d'autre façon de le dire. Il était sûr, en son âme et conscience, que s'il retournait la voir, ce n'était pas pour lui faire du mal.

Vint le soir où il se trouvait au club à l'heure où elle rentrait chez elle. Il lui offrit de la raccompagner. Pour la première fois, il lut la peur dans son regard, et sa vulnérabilité. Ébahi, il comprit qu'elle aussi était passée par la rue. Il la voyait calculer les risques de se faire reconduire chez elle, pas seulement sur le plan physique mais surtout affectif.

— D'accord, dit-elle d'une voix mal assurée.

Elle resta sans parler une partie du trajet, la main sur la poignée de la portière. Finalement, comme l'adolescente qu'elle était, elle n'arriva plus à garder le silence et se mit à lui raconter toutes sortes de choses sur sa petite sœur, une fillette du nom de Stephanie qui vivait dans une famille d'accueil. « Elle aime les crustacés, dit-elle tout à trac. Je vais lui acheter une veste en cuir pour Noël. »

En fait d'appartement, c'était un studio dans un immeuble décrépit qui surplombait l'autoroute. Il se sentit découragé en entendant les cafards cavaler lorsqu'elle alluma la lumière, et vit la honte envahir son visage rond et plein de douceur. Pourquoi s'était-il imaginé mieux ? C'était une adolescente qui venait de quitter la rue.

— C'est propre, remarqua-t-il en guise de compliment.

Il y avait un lit simplement recouvert d'une couverture et un oreiller tout plat. Dans la toute petite cuisine, une casserole s'égouttait sur une paillasse en linoléum fendillé. Sur l'étagère, un paquet de céréales de petit-déjeuner et trois boîtes de thon empilées. J'aime bien le thon, précisa-t-elle. Il vit un réfrigérateur minuscule avec tout juste assez de place, allait-il découvrir, pour un demi-litre de lait, un petit pot de mayonnaise et une barquette de riz cantonais. Une simple planche accueillait trois tasses à café dépareillées, dont deux avaient perdu leur anse. La pièce de séjour était équipée d'étagères pour la vaisselle et d'un siège en plastique rose vif de type Sacco.

Elle laissa choir son sac de sport qui contenait ses habits d'entraîneuse et ses ridicules chaussures compensées en plastique. Il lui souhaita bonne nuit et s'efforça de ne pas se demander pourquoi elle avait l'air triste quand il s'en alla.

En descendant, il resta coincé dans le vieil ascenseur poussif aux portes en accordéon ; il fut sauvé par une vieille femme aux petits yeux d'oiseau qui lui raconta tout sur la clinique vétérinaire d'à côté en lui expliquant qu'ils volaient des animaux pour s'en servir de cobayes.

Le thé chaud qu'il avait coutume de boire à la fin du repas avait désormais un goût de terre. Il avait l'impression de gaspiller l'eau lorsqu'il se douchait le matin après son jogging, et de perdre son temps lorsqu'il allait courir. Ses sermons, son unique source de fierté parce qu'il avait une voix qui portait bien, sonnaient faux à ses propres oreilles. Une nuit, il reposa sa Bible pour regarder à travers les stores de son appartement de fonction et il songea aux strates d'existence qu'un homme est capable d'accumuler sans même savoir que son ombre vit en dessous.

Il mourait d'envie de la voir. Ce n'était ni par désir ni par romantisme. Il avait envie de la voir, tout simplement.

Il savait qu'elle se servait de lui comme elle se servait de tous les autres. Il savait aussi qu'il n'y avait là rien de personnel ; c'était comme cela qu'elle avait appris à se débrouiller. Elle était folle de joie quand il lui achetait quelque chose et s'écriait « Bingo ! » à chaque fois ; il se retournait pour la voir exulter d'avoir gagné un livre d'occasion ou des collants bon marché, et se sentait submergé par l'émotion.

Peu à peu, elle lui raconta son passé, mais quand elle s'aperçut que cela la rabaissait à ses yeux, elle n'insista pas. Elle devint alors le boute-en-train, la rigolote. Il la trouvait particulièrement attachante lorsqu'il l'emmenait voir des endroits qu'il croyait lui faire découvrir, comme le zoo ou les jardins japonais. Bien plus tard, elle lui avoua que d'autres hommes, avant lui, l'avaient emmenée là. Pour une fille de seize ans, elle avait connu une étonnante variété d'expériences, de son enfance avec ses parents en communauté à son voyage en auto-stop le long de la côte en solitaire. Il songea à ce qui l'occupait, lui, dans son enfance – lire la Bible en cachette en rêvant de devenir pape – et se sentit mal à l'aise.

Elle détestait ses parents. « Hippies à la con », disait-elle avec hargne. « Vie communautaire de merde. » Elle avait punaisé au mur un dessin humoristique où l'on voyait un hippie rageur qui menaçait de fuir sa communauté à cause des morpions, et éclatait de rire chaque fois qu'elle le regardait. Il avait dû lui demander ce qu'étaient les morpions et avait été dégoûté par le réalisme sordide de sa description.

Il tenta de discuter de son travail, si on pouvait appeler cela un travail. « C'est moi qui ai le pouvoir, se justifia-t-elle sur un ton presque belliqueux. Eux, ils restent assis là et ils me donnent du fric. »

Elle parlait de son avenir comme si les gens pouvaient se réinventer, à l'instar des serpents qui changent de peau. C'est peut-être moins facile que ça, avait-il remarqué, mais elle s'était contentée de le regarder comme si c'était lui qui n'y connaissait rien.

Il y avait des choses dont elle ne parlait jamais. Par exemple, ces curieuses cicatrices sur la paume de ses mains, semblables à des entailles. Ce n'est que bien plus tard, en prenant ses fonctions à la prison, qu'il comprit qu'il s'agissait d'anciennes blessures d'autodéfense. Elle avait toujours sur elle une patte de lapin d'un blanc crasseux et la photo écornée d'une blonde, sa meilleure amie d'avant, disait-elle ; la fille avait disparu à l'époque où un tueur en série sévissait dans les rues.

Elle semait la confusion dans son esprit. Qui était-elle ? Qui était cette enfant rieuse, cette femme, cette victime de viols, cette adolescente avide de lecture, cette entraîneuse ?

— Et pourquoi je serais pas tout ça à la fois ? lui demanda-t-elle, plaintive, un soir où ils avaient roulé jusqu'au bout de la nuit, sous un ciel de soie noire, sur une corniche qui surplombait une vieille route de campagne. Il avait alors repris cette réflexion à voix haute : « Pourquoi je serais pas tout ça à la fois ? »

Et il y repensa plus tard, en réfléchissant à ces petits moments avec elle – les conserves de thon, le Sacco en plastique rose, ses hanches sous les lumières du club, les regards lointains et, plus que toute autre chose, cette lucidité qu'elle avait sur elle-même. Ces moments qui lui firent comprendre que jamais personne avant elle n'avait vraiment existé pour lui.

Alors, pour la première fois, il tomba amoureux. Non pas d'elle, à vrai dire, mais de la vie.

Dès l'instant où ils le firent – où elle le chevaucha, un comble, dans le Sacco en plastique rose –, il la vit s'échapper comme de l'eau aspirée par une vidange.

Elle l'avait amené là de bien des façons, en lui faisant du gringue. Plus ils passaient de temps ensemble, plus il en venait à la connaître, et plus elle lui manifestait son désir. Elle flirtait en se frottant à lui et en l'émoustillant avec des plaisanteries, lui lissait les cheveux en passant les doigts sur sa nuque. Mais dans la minute où elle atteignit son objectif, son regard se fit obscur et distant et elle ne fut plus là.

Il tenta de la retenir au lit après, sans trop savoir comment s'y prendre. Il était assommé par ce qu'il venait de faire. Il avait besoin de réconfort. Elle lui tourna le dos pour se blottir contre lui, il encaissa le choc de ce corps nu qui inondait son ventre de chaleur, mais il la sentit à des milliers d'années-lumière, perdue dans un autre monde.

Plus tard, il se réveilla et la trouva en train de lire. Elle était repartie dans le Sacco rose, simplement vêtue d'un caleçon d'homme à impression cachemire, son vieil exemplaire des *Garennes de Watership Down* dans une main, ses lunettes sur le nez ; elle refusait qu'on la voie avec cette grosse monture rose de la sécurité sociale, le modèle de base agréé. Elle avait noué ses fins cheveux sur le sommet de son crâne. Et elle avait un pouce dans la bouche.

Elle suce son pouce, se dit-il. Il ferma les yeux avant qu'elle ne le surprenne en train de l'observer ainsi, tellement vulnérable, et longtemps après son cœur cognait encore dans sa poitrine comme s'il avait fait quelque chose de mal.

La petite brise s'est renforcée et fait tomber les feuilles des noyers et des ormes. La dame s'est enveloppée dans son cardigan. La soupe est finie, les petits pains aussi, il n'en reste plus que des miettes.

— Qu'est-elle devenue ? demande la dame.

Il ne peut pas lui dire cela, il ne veut pas.

— Cela a duré des mois, dit-il en préambule.

Il était incapable d'affronter la vérité : elle était très attachée à lui et s'ingéniait à le cacher. C'était perceptible dans ces entre-deux, quand elle s'agitait au lit, dans ces regards pleins de doutes et d'inquiétude qu'elle lui lançait, ou quand elle fixait dans son assiette ce qu'il avait cuisiné pour elle. C'était aussi dans le sentiment, toujours plus intense en lui, qu'elle avait besoin de lui et qu'il n'était pas capable de l'accepter.

— Et elle le savait, dit-il d'une voix éteinte par la douleur.

— Comment l'a-t-elle su ?

— Je lui ai dit que je ne la prendrais pas chez moi.

Il avait tenté de lui expliquer qu'elle ne pouvait pas s'installer dans son appartement de fonction, que c'était insensé de lui demander une chose pareille. Il l'avait dit comme si lui-même ne cherchait pas à fuir un passé. Expliquant qu'ils avaient chacun leur vie, que toutes deux avaient un sens, que lui essayait de se débattre pour être à la fois un homme de foi et un homme qui l'aimait.

— Tu essayes de te débattre ? s'était-elle écriée d'un ton acerbe, son regard de petite fille devenu glacial. Tu essayes ? Et l'action, la vraie, c'est pour quand ?

Sa méchanceté le sidéra. Comme si le venin accumulé jusqu'ici, la haine de son passé, se vidait d'un seul coup sur lui. Plus il se sentait accusé de l'abandonner, plus son cœur s'emplissait de cette terrible amertume. Sauf qu'à présent, ce n'était plus juste la vie qui le rendait amer. C'était elle.

Comme toujours après une dispute, elle revint vers lui poussée par le violent désir de l'enserrer entre ses cuisses. Elle lui fit l'amour avec un tel désespoir qu'il en éprouva du dégoût. « J'ai vraiment envie de t'aimer », murmura-t-il contre sa petite poitrine dure, et il savait que cela sonnait comme une critique. Comme si celle qu'elle était ne pouvait pas être celle qu'il avait besoin d'aimer. Il la sentit s'échapper entre ses bras vers ce lieu lointain et froid et, cette fois, il ne fit rien pour la ramener à lui.

Il se raconta qu'il s'offrait une pause sabbatique. Des vacances bien méritées. Un temps de réflexion.

Personne dans sa paroisse ne sourcilla. À vrai dire, tout le monde s'en moquait. Même les petites vieilles aux cheveux bleus savent quand elles sont méprisées.

Il se dégonfla et lui annonça à la dernière minute. Il l'avait emmenée manger dehors son repas favori, steak et pommes de terre, avec plein de pain beurré et de salade. Elle mangeait encore comme une enfant des rues, comme si elle stockait les calories en prévision d'un prochain repas qui ne viendrait pas.

C'est seulement lorsqu'ils arrivèrent chez elle, avec les cafards qui déguerpissaient au bruit de l'interrupteur, qu'il lui annonça négligemment qu'il s'en allait quelques semaines.

— Où ça ? demanda-t-elle d'une voix étranglée par l'émotion.

— Belize.

Juste des vacances, se disait-il.

Elle recula vers le fond de la pièce, affolée. La terreur se lisait sur son visage. Un homme de plus s'était servi d'elle, l'avait exploitée, lui avait ouvert les cuisses et la quittait, mais celui-là avait fait bien pire : il lui avait ouvert le cœur.

— Non, ne le prends pas comme ça, murmura-t-il.

Elle secoua la tête et, dans l'instant, en voyant le Sacco rose bon marché et les céréales oubliées dans le bol sur la paillasse, il comprit qu'il avait raison de partir. Cela n'avait rien à voir avec sa pauvreté ni avec son passé. C'était la honte qui pesait sur elle comme un nuage noir, une honte qui lui rappelait la sienne propre.

— Je reviendrai, dit-il sans aucune certitude.

Il raconte cela à la dame, toujours assise à la table de pique-nique, enveloppée dans son cardigan. Elle a un visage bienveillant, les yeux fixés sur lui. Il sent une force incommensurable en elle.

— Ne me demandez pas ce que j'ai fait à Belize, je ne m'en souviens plus. Ai-je lu ? Fait la cuisine ? Mangé ? Ça n'a pas d'importance. J'avais pris la fuite et je le savais. Quand je me suis retrouvé à l'aéroport, un mois entier s'était écoulé et je n'allais pas mieux que le jour de mon départ. La seule différence, c'était que j'avais décidé de quitter la prêtrise.

Il s'arrête pour prendre une grande respiration en frissonnant.

— La première chose que j'ai faite c'est d'aller voir mon supérieur. Pour lui annoncer que j'avais fauté et que je quittais mon ministère, qu'il était inutile de poser des questions. Ensuite, je me suis rendu chez elle. Elle était partie. L'appartement était vide. Le propriétaire m'a appris qu'elle avait tout bonnement disparu. Je suis allé au club, où ils m'ont dit qu'elle s'était volatilisée. Personne n'avait l'air de s'en inquiéter. Comme si elle ne comptait pour personne, et il faut croire que c'était le cas.

Il pleure sans même s'en apercevoir. Les larmes coulent sur ses joues.

La dame le regarde pleurer.

— Elle était bel et bien partie, dit-elle sur un ton définitif.

— Oui. Partie. Les gens disparaissent tous les jours,

mais avec elle, cela n'avait aucune importance. Aucune disparition signalée. Pas de parents pour appeler la police, personne pour ne serait-ce que remarquer son absence. Je n'avais jamais vraiment compris à quel point elle était seule avant. Et pourtant, elle était très seule. À part moi, elle n'avait personne. Et j'étais parti.

— Est-ce qu'elle avait choisi de dire adieu ? demande la dame.

La bienveillance de la question lui arrache un petit sourire.

— Si quelqu'un avait envie de dire adieu, c'est bien elle. Elle s'est jetée du haut d'un pont. La police a repêché son corps une semaine plus tard.

La dame hésite, elle ne sait pas si elle doit le toucher alors que les perles d'argent roulent sur les joues du prêtre. Elle tend le bras par-dessus la table et prend sa main froide. Elle la tient dans la sienne comme elle tiendrait une tasse.

Il s'essuie les joues. Pour la première fois, elle voit une lueur colorer son teint pâle, comme s'il revenait à la vie. Le poison est en train de le quitter.

— Elle était enceinte.

— Ah, toi, fait la dame, mais quand il tourne la tête vers elle, il découvre qu'elle aussi, pleure.

La cour est tellement grande, tellement remplie de couleurs éclatantes ; des fleurs d'un jaune si vif qu'il vous colore les yeux, de l'herbe grasse et verte qui crisse sous la dent quand on siffle dedans, la piste pleine de mottes de terre, et si tu collais l'oreille au sol, tu les entendrais à coup sûr, les chevaux qui courent en dessous, avec leurs corps sveltes et dorés au soleil.

Les hommes dans la cour sont durs et hauts en couleur même aux heures les plus sombres. Ils se tiennent sous les tribunes en tôle ondulée et regardent tomber la pluie, et oh, quelle sensation cela doit être. Ils voient les grosses gouttes s'amasser le long des poteaux métalliques, et ils savent qu'en passant leur langue dessus, ils pourraient sentir le goût du métal, et cela leur suffit pour en avoir vraiment le goût, dans ma cellule, loin en dessous d'eux, je le sens aussi.

La cour a une odeur sous la pluie d'été. Une odeur si puissante qu'elle me parvient jusque dans les profondeurs de ce donjon. Je sens monter du sol l'odeur du crottin des chevaux d'or, et je pense à chaque motte de terre, à l'histoire de l'univers contenue en elle : éclats de mica et de pierre, rubans d'argile luisants à peine visibles, bras et jambes d'Ève, battements pulsés d'Adam. La saveur minérale d'une roche suffit à nous catapulter en pleine mer et dans le bleu du ciel. L'univers tout entier dans une motte de terre.

À chaque expiration, je parviens à sortir de ce lieu enchanté. Mon souffle s'élève dans les nuages, quelque infime particule s'unit à eux, se condense et, quand il pleut, cette minuscule partie de moi-même retombe sur terre – très loin d'ici, dans un autre pays, en Chine peut-être.

On peut détenir les hommes ici, sous les verrous, dans les profondeurs du donjon jusqu'aux derniers instants de leur vie, pour que les individus comme York et moi ne puissions plus jamais sentir le goût de la pluie. Mais on ne peut pas nous empêcher de transmettre notre condensation au ciel. On ne peut pas nous empêcher de retomber en pluie sur la Chine.

Le directeur est debout devant ma cellule. J'observe son visage à la dérobée par-dessous ma couverture.

Il a l'air triste. J'aimerais pouvoir lui dire que j'ai de la peine que sa femme ait un cancer. Contrairement aux autres hommes dans le donjon, je serais sincère.

Il a dans la main une lettre estampillée COURRIER DU TRIBUNAL. Cela ne peut signifier qu'une seule chose. Quelque part dans le labyrinthe du système juridique, mon dossier a été sélectionné pour un pourvoi en appel. Je secoue la tête sous ma couverture et tourne mon visage vers le mur.

— Je sais, dit le directeur d'une voix douce. Mais je suis obligé de te donner le courrier du tribunal, et tu dois signer pour dire que tu en as pris connaissance.

Je hoche délibérément la tête sous ma couverture.

Il glisse la lettre dans la fente et recule respectueusement de quelques pas, en me tournant le dos. Je me précipite pour la ramasser puis retourne me cacher pour la lire.

La lettre vient d'un avocat. Il a été nommé pour me représenter par l'intermédiaire d'un fonds affecté à la défense des prisonniers. Il voudrait me rencontrer, se charger de mon dossier. Il a l'intention d'engager la dame, dit-il. Ils vont pouvoir me sortir d'ici, me réintégrer dans la population carcérale. Ils vont me sauver la vie. *Nous pouvons vous faire sortir du couloir de la mort*, écrit-il. *Vous pouvez vivre.*

Si je lui réponds, il viendra me voir, me dit-il. Je serai mis aux fers dans la cage Dugdemona. Je pourrai voir le coin de ciel.

— C'est toi qui décides, déclare le directeur, toujours dos tourné.

Il laisse tomber un petit bout de crayon par la fente. Je m'élance pour le prendre avant de remonter sur mon lit. Je reprends la lettre et la signe. Puis je réponds à l'avocat d'un seul mot : « Non. »

Je pousse la lettre par la fente et repars sur mon lit, tête sous la couverture, en attendant que le directeur s'en aille.

Lorsqu'il est parti, je m'aperçois que je tiens toujours le bout de crayon à la main. Je le retourne entre mes doigts et passe ma langue sur la mine de plomb.

La dame et le prêtre sont assis sur l'un des vieux bancs de bois, près du ruisseau qui longe le mur de la prison avant de se jeter dans l'étang. C'était là qu'on pendait les gens, voilà un siècle. Le gibet a disparu depuis longtemps, mais l'empreinte de la potence reste gravée dans le sol. C'est quand même un endroit agréable, sous l'ombrage des arbres, les eaux calmes de l'étang saupoudrées d'une poussière estivale. La dame a apporté un sac de pain rassis, elle nourrit un groupe de canards voraces.

S'est-elle posée là dans l'espoir que le prêtre la verrait en quittant la prison à la fin de la journée ? Oui. Et il l'a vue, son visage s'est aussitôt illuminé et il a pressé le pas sans même s'en apercevoir.

Ils bavardent depuis plus d'une heure tandis que le soleil commence à décliner, éclairant la poussière sur l'étang, chacun parle de son travail et des hommes dont ils s'occupent.

— Vous ne parlez jamais de votre famille, dit le prêtre à la dame.

Le cœur de la dame s'arrête de battre. Elle observe le visage du prêtre et n'y voit que de la bienveillance. Il ne lui a pas demandé cela par méchanceté ni même par curiosité. Il cherche à l'atteindre, elle le voit bien.

Elle prend une grande respiration et jette un petit bout de pain aux canards.

— Ma mère vit en institution. Elle souffre d'un handicap intellectuel, comme on dit aujourd'hui.

— Oh.

Il garde un visage serein et néanmoins interrogateur.

— Débilité mentale, précise-t-elle.

— Comme la mère de York.

Elle lui lance un rapide coup d'œil.

— Oui.

Il tend la main pour quémander une croûte de pain. Elle la place dans sa paume et remarque combien elle est douce.

— C'est difficile, de savoir ?

Elle secoue la tête puis s'arrête.

— Peut-être. Mais ça permet de comprendre.

Il observe son profil. Il y a un non-dit dans son expression.

— Votre père ?

La question reste en suspens.
— Lequel ? répond-elle finalement.
Au timbre de sa voix, il a deviné. Elle s'attend à le voir se dérober, mais ce n'est pas le cas. Son visage est empreint de tendresse. Il la regarde un long moment. Elle ne bouge pas un muscle, les yeux fixés sur l'étang.
— Un autre point commun, dit-il à voix basse.
Elle fait un signe de tête, un hochement à peine perceptible.
— Ce n'est pas votre faute.
Elle se tourne vers lui, lui ouvre grand son âme. Elle a un regard vif et lumineux qui sait beaucoup de choses.
— En grandissant, dit-elle, ça ne m'a pas déplu.

La dame regarde le prêtre traverser le parking et monter dans sa vieille voiture déglinguée. Elle se demande si elle est allée trop loin, mais pour l'instant elle est trop fatiguée pour s'en soucier. Je suis capable d'accepter ta honte, se dit-elle. Peux-tu en faire autant de la mienne ?
La dame roule sur la route qui la ramène en ville. Elle songe à ses difficultés pour nouer une relation amoureuse. Les rares fois où elle a tenté de raconter son histoire se sont soldées par un désastre. Elle a été blessée de constater qu'ils la considéraient avec dégoût, qu'ils battaient en retraite devant la vérité. Elle s'est dit que les choses devaient en être ainsi, que son destin était de vivre seule. Puis le prêtre est arrivé et elle a senti une chaleur dans son ventre.
Au moment précis où elle franchit les collines pour passer de l'obscurité à la lumière, elle sait qu'une porte s'est ouverte dans son cœur. Elle se demande si elle peut encore la refermer.

De retour dans son appartement, la dame, assise à son bureau, contemple un épais dossier : notes, rapports d'experts et des services sociaux de l'enfance, comptes rendus de ses entretiens avec d'autres habitants de Sawmill Falls. Même celui d'un entretien avec le psychiatre qui a traité la maman de York avant sa mort en hôpital psychiatrique. Il y a des certificats de naissance et de décès, des rapports signés et rédigés devant notaire. Tout ce dont elle a besoin pour l'ouverture d'un nouveau procès.

Le dernier document en date donne les conclusions du laboratoire, dont elle a entouré l'un des résultats à l'encre rouge. Deux fois.

Elle en a fini. Elle le sent.

Elle ne peut pas savoir si elle va gagner. Elle ne gagne pas toujours. Elle a essuyé trois échecs. Et ces fois-là, elle avait accumulé autant sinon plus de preuves qu'elle n'en a pour York. La décision appartient aux juges. Et un juge, ne manque-t-elle jamais de se rappeler, n'est qu'un avocat en robe noire.

Chaque fois qu'elle a échoué, son client a été exécuté. Chaque fois, elle s'attendait à éprouver de la douleur, mais ça n'a pas été le cas. Elle a éprouvé de la tristesse, rien d'autre. Elle sait trop bien de quelle immense souffrance ces hommes ont été la cause pour que leur disparition lui inspire une douleur sincère. La tristesse ressentie s'explique avant tout par l'échec d'une vie.

Elle se rend compte qu'elle n'a pas tenu les avocats informés de ce dossier. Ils ne savent rien de tante Beth ou du Dr Hammond, ni de Troy Harney, ni même du lapin ou des viols, et encore moins de l'examen de sang. Ils l'ont engagée, ils l'ont payée pour qu'elle leur apprenne quelque chose et ils n'ont rien appris du tout. À leur connaissance, les confrères chargés du dossier avant eux avaient raison : il n'y a rien qui puisse sauver York.

Ce ne serait pas difficile de dire qu'elle n'a rien trouvé. Elle en connaît, parmi ses collègues, qui gagnent leur vie en faisant le minimum : des enquêteurs qui travaillent pour des Faucheur et Associés, par exemple. Il n'y a aucun moyen de connaître ce qu'on ne sait pas – si elle ne fait pas son travail, personne ne le remarquera.

Tu vas agir comme tu l'as toujours fait, se dit-elle ; tu vas apporter ce dossier aux avocats. Tu les laisseras fixer la date du procès. Tu les laisseras défendre ton dossier devant le tribunal comme s'ils l'avaient monté tout seuls. Tu resteras assise dans l'ombre, telle une inconnue sans visage qu'aucun document ne cite, et quand on annoncera que ton client est sorti du couloir de la mort, tu hocheras la tête et tu passeras au suivant.

Le calendrier accroché au mur indique le 22 juillet. Elle a le temps, si elle s'y met sans tarder.

Mais elle reste assise là. Sa tête brune s'incline, tant elle est concentrée. Elle voit York, petit garçon, qui court vers sa maman, avec ses bras de petit ange et son sourire plein d'une joie sombre. Elle voit la mère de York, c'est une demeurée mais elle lui ouvre les bras. Que peut penser la mère de cet enfant ? se demande-t-elle. Et que penser de York ? Né d'une erreur, effacé par d'autres.

Elle pense à sa propre mère. Combien de fois a-t-elle entendu dire qu'il faudrait stériliser les gens comme elle. Que ce serait mieux pour ces gens-là de ne pas naître plutôt que de naître pour souffrir.

Elle se souvient distinctement de sa mère assise sur leur lit défoncé, en train de chercher un numéro de téléphone dans l'annuaire. Je vais y arriver, disait-elle en feuilletant les pages et en se mordillant les lèvres, même si ça prend du temps.

La dame ressent une vive douleur. Elle est logée là, dans sa menue poitrine. Dans le muscle qu'on appelle le cœur. Dans le muscle que York ne veut plus sentir battre.

Ces derniers temps, le directeur arrive dans le couloir le visage gonflé, les paupières rougies. Il porte sur lui la brûlure de l'épuisement, le deuil qui se profile et auquel il se prépare.

Il nettoie derrière sa femme avant de partir travailler : les vomissements provoqués par les médicaments, les cheveux dans la cuvette des toilettes. Il est devenu silencieux avec elle, il sait que le silence la réconforte. Il ne lui raconte plus sa journée et ne lui pose plus de questions sur la sienne. Elle est couchée dans leur lit conjugal, des tubes auprès d'elle, et il ne peut s'empêcher de penser à toutes ces vies qui finissent avec des tubes.

Il continue de venir travailler. Il pourrait prendre un congé, il le sait, et il y a des hommes – Conroy, plus particulièrement – qui s'empresseraient de faire son boulot. Sa femme n'aimerait pas cela, il le sait aussi. Elle veut rester seule avec sa souffrance. Elle se prépare à partir.

Il a engagé des aides-soignantes pour rester avec elle quand il va travailler. Elles changent les draps, lui tamponnent le visage, vident et nettoient les bassins. Elles aussi sont silencieuses avec elle, elles l'appellent Margaret, alors que lui l'a toujours appelée Madge chérie, ou encore Maggie. Quand ils étaient jeunes, elle adorait ce diminutif-là, Maggie – elle lui trouvait quelque chose de gai, d'irlandais, comme si elle était une joyeuse luronne. Ce qui était vrai, dans un sens. Maintenant, elle se tait et attend dans un couloir de la mort de sa création.

Il se demande pourquoi tant de gens acceptent qu'on puisse mourir de vieillesse, d'un cancer, ou même par suicide, alors qu'ils refusent d'assumer la responsabilité d'une exécution. Cela lui semble injuste. Personne ne mérite autant de mourir qu'un individu comme York ou Striker et plus encore Arden. Et pourtant ce sont ces morts-là que les gens qualifient de pas naturelles, et non celle de sa chère et tendre épouse, une femme qui a élevé trois enfants et n'a jamais fait de mal à personne.

Il sait que, lorsqu'elle disparaîtra, il sera déchiré par un immense chagrin qui ne ressemblera à rien qu'il ait connu. S'y préparer ne change rien. Il sait simplement que cela va venir. C'est comme si tu traversais l'océan sur un bateau à voile en sachant que tu vas bientôt aborder l'autre rive ; il n'y aura que toi et des kilomètres de sable sec d'une blancheur aveuglante. Tu trouveras peut-être des arbres sur cette île, et du soleil, et de quoi manger, mais rien ne sera à ton goût parce que tu te rendras compte que tu es tout seul.

La dame descend l'escalier de pierre et entend le prêtre. Il est dans la cellule du dénommé Jeffries.

Le prêtre est tellement concentré qu'il n'entend pas la dame approcher. Debout devant les barreaux, elle observe. Le prêtre est assis sur le lit à côté de Jeffries comme s'ils se trouvaient dans un appartement et non dans une cellule crasseuse, pleine de puces, sur un matelas grouillant de punaises.

Le prêtre lit une lettre à Jeffries, une lettre de sa mère. Comme la plupart des hommes du couloir de la mort, Jeffries est illettré, se dit la dame. Le prêtre prononce les mots lentement, pour laisser à l'homme le temps de les apprécier et d'approuver d'un signe de tête au fil de la lecture.

Le détenu est assis calmement à côté du prêtre, il n'a pas les mains enchaînées. Les gardiens se moquent du risque encouru par le prêtre, ce n'est pas leur affaire. Jeffries a des yeux immenses dans sa figure émaciée. Il ressemble aux photos de ces enfants africains qui meurent de faim ; ces années à attendre ne lui ont laissé que la peau sur les os.

La dame remarque la grande assurance du prêtre à cet instant : il est très à l'aise, il lit simplement une lettre à un homme dans le besoin. Il se tient bien droit, l'air aimable. Il s'interrompt pour sourire à Jeffries et, en levant la tête vers lui, il la voit.

Leurs regards se croisent, elle soupire et sourit à son tour.

Le prêtre ne sait pas que la dame pense à lui tout le temps à présent. Elle pense à lui quand elle se réveille, seule dans son lit, avec le soleil qui filtre à travers les rideaux. Elle pense à lui quand elle voit York dans la cage. Elle pense à lui quand elle roule vers le pays bleu et qu'elle aperçoit les chalets au bord de la route. Elle n'aimerait pas qu'il sache qu'elle a cherché son adresse et qu'elle est même passée devant chez lui, cet appartement enfumé de solitude et néanmoins accueillant, avec sa fenêtre éclairée. Elle se demande quel effet cela ferait de frapper à sa porte. D'être invitée à entrer, d'être débarrassée de son manteau, de sentir les mains du prêtre sur ses épaules.

La dame ne sait pas que le prêtre pense à elle, lui aussi. Il rêve d'un geste qui en susciterait des milliers. Il s'imagine qu'il aura peur, il a déjà peur, mais quelque chose de plus grand est en train de naître en lui. Il a toujours aspiré à quelque chose, et c'était peut-être plus simple qu'il ne l'imaginait.

On m'apporte à manger trois fois par jour, en poussant la nourriture par le guichet. Elle est servie sur un plateau en métal terni couvert de rayures et de graffitis. Les autorités pénitentiaires ont fait un essai avec des plateaux en plastique, mais elles se sont aperçues que les détenus les cassaient en morceaux pour s'en faire des lames. Le métal est moins risqué.

Les plateaux me font davantage plaisir que les repas. D'année en année, la nourriture s'est dégradée. Lorsque je suis arrivé ici, c'étaient de vrais repas, au moins. La viande avait beau être pleine de gras et le pain rassis, on voyait que ça se mangeait. Maintenant, difficile de savoir ce que c'est. Le petit-déjeuner se résume généralement à un plat d'œufs en poudre flottant dans un peu d'eau sale au goût de paillettes de savon. Le déjeuner n'offre parfois que des morceaux de melon gluant, à demi pourri, servis avec un gobelet en carton d'une boisson pétillante rallongée d'eau. Le dîner consistait le plus souvent en une tranche de viande énigmatique d'un gris rosé et de consistance étrangement molle. On appelait ça un pain de viande avant qu'un détenu n'intente un procès et obtienne gain de cause : après avoir goûté la curieuse mixture, le jury a refusé de la qualifier de viande.

Le repas du soir n'est qu'un amas de trucs d'un vert grisâtre réduits en bouillie. Difficile de deviner ce que c'est. La prison accepte toutes les marchandises mises au rebut que même les soupes populaires refusent. Quand un magasin se retrouve avec une benne pleine de courgettes pourries, de viande avariée ou de rognures de légumes jaunis, il s'adresse à une liste de bonnes œuvres qui vont des refuges pour SDF aux agences alimentaires pour l'Afrique en passant par les soupes populaires. C'est seulement quand aucun n'en a voulu qu'ils téléphonent aux autorités pénitentiaires. Les organisations criminelles du marché noir achètent les marchandises impropres à la consommation – viande ou beurre de cacahuète – par camions entiers pour les réemballer et les revendre à vil prix aux prisons. Pendant plusieurs mois, les intoxications alimentaires prolifèrent dans nos murs, et le four fonctionne presque en continu.

J'ai tellement faim que je mange, tout.

J'en viens à bout en voyant apparaître le plateau de métal griffé sous la nourriture. Je distingue alors les codes secrets que s'échangent les détenus, on dirait des peintures rupestres. Si les agents de renseignement voulaient savoir comment les prisonniers communiquent, ils ne demanderaient plus aux petits hommes aux marteaux de placer des mouchards dans nos cellules, ils déchiffreraient nos plateaux-repas.

Flèche pointée vers le Nord. C'est le signe des Norteños.

Quelques jours plus tard, un autre message apparaît en dessous : un triangle, pour indiquer une table de chefs, suivi d'un point d'interrogation.

Second point d'interrogation, suivi à nouveau de la réponse. Cette fois, c'est un son qui parcourt la prison, pareil à de l'acier mis sous tension à l'intérieur des murs.

Dessin sommaire d'un canard entouré d'un cercle.

Cela signifie plumer un canard. Un canard, c'est un gardien.

Un grand souffle, si violent que la poussière se soulève sur nos murs.

Il y a preneur ?

Les aryens sont les premiers à répondre par un cercle barré d'un trait. Ils sont hors-jeu. Trop risqué.

Quelques repas plus tard, la réponse arrive. Les Norteños vont s'en occuper. Ils doivent renvoyer l'ascenseur.

C'est une affaire qui exige le silence de tous à l'intérieur de ces murs, une affaire d'une telle importance que les murs ne peuvent pas parler.

Un gardien doit mourir.

La gardienne qui tricote des petits chaussons pour le bébé de son amie traverse la cour en direction du four. Ce sera une nuit semblable à toutes les autres – elle se dit qu'elle sera contente quand elle aura fini sa période d'essai et qu'elle aura un poste régulier ailleurs. En dépit des blagues sinistres et de l'horreur du travail au four, elle aime bien cet endroit. Elle aime être parmi ces hommes qui ne la considèrent pas en tant que femme en dépit de leur si longue privation. Elle aime être respectée.

Elle pense à une drôle de conversation qu'elle a eue dernièrement avec l'officier de renseignement Conroy. Elle avait appris que le chef des Norteños faisait passer de la drogue au parloir par l'entremise d'un gardien corrompu. En accord avec la procédure, elle l'a aussitôt signalé à Conroy. « J'ai pris la précaution de placer le détenu en rétention administrative », avait-elle précisé, droite comme un « i » en exposant la situation. Elle était fière de sa conduite. Elle s'exprimait presque comme un flic et non comme la mère célibataire qu'elle était, ancienne vendeuse chez Momo le moins cher.

Conroy avait eu l'air surpris, dans un premier temps, puis satisfait. Il s'était répandu en compliments sur son zèle. Il lui avait demandé si elle avait rédigé un rapport et quand elle lui avait répondu par l'affirmative, il avait paru impressionné. « C'est l'unique exemplaire ? » lui avait-il demandé en s'en saisissant et, sans réfléchir, elle avait dit oui. Et puis, en sortant du bureau, elle s'était retournée pour voir le regard calculateur de Conroy posé sur elle, et sa main sur le téléphone.

Toute cette conversation sonnait faux. Elle se demande où en est l'enquête. Elle posera la question au directeur.

Un homme jaillit de l'ombre du Bloc H. Il tient une lame aiguisée, fabriquée avec un bout de cornière métallique arrachée à une table en fer. La poignée est enveloppée dans des draps déchirés. Il se jette sur la gardienne et la poignarde, pas juste une fois. Il la frappe à la gorge, au ventre, dans le dos, partout où il peut l'atteindre. Elle fait peu de bruit, hormis un grognement plein de tristesse. Le sang s'échappe de son corps et se répand par terre. Lorsqu'elle est bel et bien morte, l'homme se redresse et s'éloigne à petites foulées. Il enfouit la lame dans l'une des poubelles de la cour, sans se soucier qu'on puisse la retrouver car cela n'aura de toute façon aucune importance, il le sait.

Le lendemain, personne ne comprend comment c'est arrivé. Nous savons tous que l'enquête, menée par Conroy, n'aboutira à rien. Tous les deux ou trois ans, il survient un incident de ce genre et les meurtres non résolus finissent en rapports vite oubliés au fond d'un tiroir.

Le directeur fait passer un avertissement aux gardiens, pour leur rappeler que cette prison est vétuste. Il sait bien qu'il est presque impossible de compter tous les détenus au moment du verrouillage général, à moins de vérifier les cellules une par une. Il sait qu'avec toutes les restrictions budgétaires, ils ne sont pas assez nombreux et qu'il est impensable de dénombrer trois mille prisonniers tous les soirs. Les établissements modernes, les prisons de haute sécurité, sont équipés de serrures électroniques et de détecteurs de mouvement. Dans ces endroits horribles, un homme passe le restant de ses jours dans une capsule métallique à l'intérieur d'une autre, elle-même contenue dans une troisième ; il ne sort jamais, il ne sent jamais le ciel ou la poussière, il ne touche jamais une pierre ni une motte de terre. Mais notre lieu enchanté est vétuste. Il ressemble davantage à un petit village de bâtisses anciennes, avec des portes en bois, des fenêtres à charnières et des cellules aux portes munies de serrures qu'on bouche facilement avec une boulette de papier mâché. Le directeur précise que c'est un problème qui ne date pas d'hier, ces prisonniers qui traînent dehors après la tombée de la nuit dans notre lieu enchanté, mais un gardien l'a payé de sa vie et il faut que les choses changent.

Au moins la gardienne a-t-elle la consolation de savoir que son corps ne finira pas dans le four. Ils le déposeront sur une vraie civière et le restitueront à sa famille. Ils videront son casier et emballeront ses aiguilles à tricoter et ses pelotes de laine, son sac en cuir râpé, son portefeuille bourré de bons d'achat et de photos de ses gamins.

Elle disparaîtra ensuite comme nous tous, et je me dis alors que ça ne change pas grand-chose, finalement.

J'entends le pas feutré de la dame qui passe devant ma cellule, je sens les tempêtes qui font rage en elle. Plus elle se rapproche du prêtre, plus son for intérieur se rebelle. Elle veut ce qu'elle ne peut pas obtenir : la paix de se savoir reconnue.

Elle a peur de partager son âme avec le prêtre et qu'il n'en veuille pas. Alors la dame sera perdue pour toujours. Alors elle sera comme les hommes avec qui elle travaille, seule.

Si seulement je pouvais l'appeler depuis la porte de ma cellule. « Madame, lui dirais-je, tout ira bien. Allez voir le prêtre et posez-lui la question. Demandez-lui : Acceptez-vous de me connaître ? Vous verrez ce qu'il dira. »

Je ne peux rien dire à la dame. Même si je pouvais parler, je ne sais pas avoir ce genre de conversation. Je n'en ai entendu qu'une seule, quand j'étais en visite chez mes grands-parents. Je me souviens du pyjama tiède après le bain et de la riche saveur du cacao dans mon ventre. Je me souviens que j'étais dans la chambre d'amis, pelotonné sur le lit sous une couverture de grosse laine qui gratte, je les écoutais parler à voix basse dans la pièce d'à côté. Les bruits de voix qui me parvenaient à travers ce mur n'étaient ni blessants ni tristes. C'étaient des bruits paisibles. Ce soir-là, je me suis levé, j'ai touché les murs et posé ma tête tout contre pour écouter. Est-ce l'amour qu'on entend dans ce son-là ? Cette paix dans leurs voix ?

Quand je lis des livres qui parlent d'amour, je sais qu'ils disent la vérité. Cette vérité m'étreint le cœur à m'en faire mal. J'essaie de la voir à travers mes yeux, levés vers le plafond de pierre de ma cellule, et je me demande : Quel effet ça fait, de ressentir l'amour ? Quel effet ça fait, d'être reconnu ?

La dame me ressemble de bien des façons. Il y a des serpents qui grouillent en elle. Elle a une peur bleue que les autres s'en aperçoivent. Elle a peur, et pourtant elle a envie que le prêtre voie au fond de son âme et accepte les monstres lovés autour de la part intime et pure de son être, cette part qu'elle a pu sauvegarder, miraculeusement, celle que tant d'entre nous avons perdue. Les monstres sont là, elle le sait, mais elle tient quand même à être vue.

Son courage m'effraie, il me sidère. Il me donne de l'espoir pour elle. Il me donne envie d'aspirer au bonheur pour elle. Est-ce cela qu'on appelle l'amour ? Est-ce cela qu'on appelle l'espoir ?

Le ciel de velours nocturne, il n'existe plus. La route sombre pareille à un ruban sous ta voiture. Partie. L'épouse qui t'attend, et jusqu'à sa petite fossette au coin de la bouche. Parties. Les étoiles dehors – oh, les revoir avec elle une fois encore – et la discrète odeur du barbecue d'anniversaire que tu as encore raté parce que tu travaillais tard. Parties.

Le directeur est debout dans son jardin. Bientôt, ce ne

sera plus le sien. Il respire l'odeur puissante des sapins, des cèdres et de la rivière au loin, celle des cendres du barbecue de ses voisins – ces crétins n'ont pas la patience d'attendre que les braises soient prêtes, ils arrosent le feu avec du pétrole, leurs burgers ont sûrement un léger goût d'essence –, celle aussi de la bonne terre humide des plates-bandes que sa femme retournait avant, pour les oignons d'automne qu'elle cultivait encore il y a quelques années, et des collines lointaines. Il se souvient du parfum du shampoing qui s'échappait par la fenêtre ouverte de la salle de bains où elle prenait sa douche.

Le chagrin allait venir, il le savait, il est là maintenant, ni mieux ni pire qu'autre chose. Il ne veut pas se mentir. Il ne veut pas se raconter que sa femme avait envie de partir. Il ne veut pas faire comme si la souffrance et le regret lui avaient donné envie de trouver la paix ailleurs. Tout ça, c'est des conneries. Elle ne voulait pas mourir. Il ne voulait pas qu'elle meure. Paradis mon cul, se dit-il, rendez-la-moi.

Rendez-la-moi.

La dame va voir la maison où elle a grandi. Elle ne sait pas pourquoi elle est venue, mais elle est là, debout devant l'entrée.

Elle ne pourrait jamais amener quelqu'un ici. La cour est jonchée de crottes de chien, et le vieux crépi blanc piqué de moisissures vertes et noires. L'unique fenêtre en façade est toute tachée, comme si quelqu'un crachait dessus à l'intérieur. Il n'y a pas grand-chose de changé, constate-t-elle. Le même propriétaire, sans doute, qui soutire leurs allocations aux pauvres. Le rideau miteux tremble et elle aperçoit un visage, celui d'une enfant. Une petite figure effrayée qui pourrait être la sienne, celle d'autrefois.

Elle décide de partir avant qu'une mère ou un père en colère ne sorte de chez eux, en se demandant ce qu'une dame en tailleur vient faire là, sur le trottoir, à observer leur maison. Ils pourraient la prendre pour une assistante sociale venue semer la pagaille dans leur vie.

Elle tourne le coin de la rue pour jeter un coup d'œil au jardin. Les haies de laurier sont toujours là, avec le même petit triangle de ciel au-dessus. Elle se souvient d'avoir pensé autrefois que si elle priait avec assez d'ardeur, les mondes dont elle rêvait deviendraient réalité. Un jour, sa mère et elle se réveilleraient sur l'île enchantée et se nourriraient d'une profusion de fruits. Ou alors le plus beau de tous : un jour, sa maman se tournerait vers elle, le regard vif, elle aurait toute sa tête et se précipiterait vers elle en disant : « Oh, mon bébé. »

Les avocats ont cherché à joindre la dame, et pour la première fois elle ne les rappelle pas dans l'instant. Elle perçoit l'urgence de leurs messages. Le temps a passé, l'heure est venue. S'ils veulent interjeter appel au tribunal, ils doivent agir maintenant. Ils demandent si elle a trouvé quelque chose, s'il y a le moindre espoir.

La dame se sent réduite au silence. Non, ce n'est pas exact. Elle se tait. Elle écoute. Elle voit le chemin que tante Beth suit en clopinant jusqu'à sa terrasse. Elle voit le ciel au-dessus de Sawmill Falls. Elle voit York, un être de chair et de sang dans la cage Dugdemona. Aussi réel que la gardienne. Que le prêtre. Qu'elle-même.

Elle aimerait pouvoir parler à quelqu'un. Elle imagine parler au prêtre.

Elle a dansé avec la mort des années durant, elle a sorti quelques corps des flammes avant de poursuivre son chemin, en a laissé d'autres périr.

C'est la première fois qu'elle ressent sincèrement cela. Elle sent l'appel de la vie, tout comme les lacs appellent à eux les rivières pour que le vif se mêle au froid. Comme sa mère a dû sentir dans son ventre les frémissements qui tissaient joyeusement une autre chair : la sienne. Elle aimerait sentir cela un jour, la création d'une nouvelle vie dans ses entrailles. Un nouvel être, un bébé né dans le bleu des forêts.

Elle sent aussi l'appel de la mort. Même si elle ne sait rien d'eux, elle sent confusément que les grisegoules attendent près du four. Elle imagine le gris effrayant de leur peau, la terrible froideur de leur désir. Leur donnera-t-elle York pour alimenter le four ? Leur permettra-t-elle de s'approprier le peu de chaleur qu'il lui reste ?

Des semaines ont passé pour le garçon aux cheveux blancs, et la vie n'est ni différente ni inchangée.

L'été bat son plein, le ciel pareil à un dôme de métal martelé au-dessus de la cour, mais le garçon n'en sait rien. Il ne sent pas la terre sous ses pieds ni la chaleur du soleil sur sa peau. Peu lui importe qu'il fasse chaud ou froid. Il reçoit des lettres de sa famille, on dirait des missives d'un pays étranger. Sa mère lui écrit que sa petite sœur a remporté le prix du meilleur exposé à l'école et que tous les dimanches, pour le petit-déjeuner, elle prépare les pâtisseries qu'il aime tant, avec le glaçage à l'orange. Elle lui dit que grand-papa Frank va beaucoup mieux, que leurs dingues de voisins se sont soûlés le 4 juillet et que ces idiots ont brûlé la pelouse en allumant des feux d'artifice. Son père ajoute des post-scriptum qui se veulent drôles mais ne le sont pas, du genre : *Ne fais pas carrière dans le crime, fiston*. Le garçon lit les lettres et se demande s'il a vraiment vécu dans ce monde-là et s'il peut y retourner. Il connaît la réponse : tout retour est impossible.

Ses journées, du moins, sont réglées. Il se rend au réfectoire trois fois par jour. Il travaille dans l'usine de confection, où il est payé quarante cents de l'heure. Il ne se plaint ni du travail ni du salaire de misère ; les heures passées devant les machines, à tailler le denim bleu, agissent comme un baume. C'est le seul moment où son cerveau est en sommeil. Il partage ses nuits en cellule avec le vieux qui ronfle et fait des bruits de gorge. Et deux fois par semaine, parfois plus, un caïd vient le chercher – dans la cour, au réfectoire, dans les salles, où ils veulent, semble-t-il – pour lui dire quand et où. Les caïds se déplacent en toute impunité, ils vont et viennent où bon leur semble sous le regard sardonique de Conroy, l'officier de renseignement.

Le garçon se dit qu'il ne pensera à rien quand ça arrive. Il fera le vide dans son esprit. Cela ne marche jamais. Il reste complètement présent et hurle en silence du début jusqu'à la fin. Chaque fois. Il se demande qui a pu prétendre qu'il était possible d'effacer ce genre de choses de son esprit.

Aujourd'hui, il déjeune au réfectoire en compagnie des autres hommes brisés. Il est assis à côté d'un grand échalas aux cheveux filasse. L'homme était peut-être séduisant autrefois, mais maintenant il a la gueule de travers, comme si on l'avait salement battu et qu'on lui avait mal remis la mâchoire. Il pourrait avoir dix-neuf ans comme il pourrait en avoir trente. Le garçon se rend compte qu'il ignore le nom de cet homme, bien qu'ils soient attablés côte à côte depuis des semaines.

L'homme se met à parler tout bas, d'une voix éraillée, comme s'il avalait des échardes. Il raconte au garçon qu'il travaillait comme paysagiste. « Jusqu'à ce que j'atterrisse ici pour usage de drogue », dit-il de son filet de voix rauque.

Le garçon regarde son plateau. Ce doit être du riz, pour autant que le riz soit piqué de points noirs qui ressemblent à des poux. Il y a de la salade pourrie coupée en lanières et qui sent le poisson. Le garçon songe aux repas que sa mère cuisinait : des lasagnes avec du pain chaud à l'ail, des petits pois au beurre, des brownies maison recouverts d'un glaçage, avec de grands verres de lait glacé pour faire descendre le tout. Il se rappelle qu'en rentrant de l'école, il avalait un grand bol de céréales au lait. Il repousse avec force ces souvenirs douloureux.

— Ça fait combien de temps que tu es ici ? demande le garçon aux cheveux blancs en glissant avec méfiance une cuillerée de riz dans sa bouche.

Un point noir craque désagréablement sous sa dent en faisant gicler un jus infect. Ces derniers temps, sa faim est d'une violence inouïe et pourtant il n'arrive pas à avaler cette nourriture.

— Quatre ans, répond l'autre tout bas.

Il affiche un sourire édenté, hideux, et frotte nerveusement ses mains sur ses jambes de pantalon. Le garçon a envie de se pousser.

— J'étais censé en avoir pris juste pour un an, ajoute l'homme.

— Un an ? s'étonne le garçon à voix basse, les yeux sur son plateau.

— Ouais.

L'homme glisse une cuillerée de riz plein de vers dans sa bouche édentée, referme ses lèvres molles, puis se bouche le nez et déglutit un grand coup.

— On m'a collé un délit.

L'homme baisse encore la voix, il incline la tête pour que seul le garçon et lui puissent entendre, même si personne d'autre à la table ne les écoute.

— Un délit ? répète le garçon dans un murmure.

— Ce maton, Conroy, il m'a piégé, dit l'homme dans un souffle, ses yeux bruns rivés sur le garçon. Il a planqué de la drogue dans ma cellule. J'ai écopé de trois ans de plus.

— Mais… pourquoi ?

Un sentiment d'horreur se fait lentement jour dans l'esprit du garçon aux cheveux blancs. Il lui emplit les bottes de terreur et souffle un air glacial dans son pantalon trop ample pour ses cuisses amaigries.

Avec un sourire de dément, l'homme lui dit de sa voix rauque :

— J'étais leur chouchou… pareil que toi.

Le garçon aux cheveux blancs déambule dans la cour. Il déambule dans les couloirs. Les hommes le prennent sans rime ni raison. Ils voient bien que son âme l'a quitté, ils n'ont pas de remords à avoir. Leur besogne faite, les hommes se détournent avec dégoût. Les cicatrices qu'ils portent sur leur visage témoignent des batailles qu'ils ont menées, et perdues, pour les mêmes motifs.

Le garçon déambule tard le soir, longtemps après le verrouillage général. Les salles de classe sont plongées dans l'obscurité, le Bloc H aux murs aveugles devient un trou noir qui engloutit les cris. Il traverse l'usine de confection et voit les machines enveloppées d'ombres. Il déambule dans le réfectoire, la lueur lunaire entre par les hautes fenêtres de la cafétéria et éclaire les traces d'eau sale sur les tables mal nettoyées. Les poubelles débordent de nourriture rance et de serviettes tachées de sang par des hommes aux dents pourries et aux gencives malades.

Le garçon déambule, et il prend soudain conscience qu'il existe un soleil et un ciel, une lune et des nuages, une terre et un tombeau. Avant d'arriver ici, il pensait que la mort était quelque chose qui vous surprenait. Maintenant, il se rend compte que la mort est un choix.

Lorsque les gardiens le surprennent en train de déambuler tard le soir, ils le reconduisent en soupirant à sa cellule, où le vieil asthmatique se lève pour lui permettre de rejoindre sa couchette. Le vieux et les gardiens échangent des regards dans le noir, la lueur de la lune se reflète dans les yeux chassieux du vieillard.

Personne ne juge bon de punir le garçon pour ses déambulations nocturnes. Normalement, cette infraction mérite un mois au trou et, en cas de récidive, une période prolongée dans les cercueils métalliques du Bloc H. Depuis le meurtre de leur collègue, les gardiens sont devenus plus sévères avec ceux qui traînent à la nuit tombée. Mais ils le plaignent, ce garçon. D'ailleurs, ils voient bien que, même s'il a perdu son âme, il reste quelqu'un d'utile. Les jeunes comme lui permettent de tenir les hommes, ils les empêchent de se révolter. Les détenus se querellent entre eux au sujet du jeune homme, pour déterminer s'il leur appartient ou pas, s'ils ont envie de lui ou pas, s'il y a ou non une ligne à ne pas franchir. Un garçon comme lui empêche les hommes de penser que la nourriture est infecte, qu'ils travaillent pour un salaire de misère, que les types comme Conroy sont des salauds. Un garçon comme lui est aussi utile qu'un paratonnerre pour maintenir les orages à distance.

Quand le jeune homme est au travail, il se perd dans la contemplation des lames aiguisées des ciseaux mécaniques qui taillent le tissu. Coupe, coupe, les lames descendent et taillent le lourd denim bleu qui passe devant son poste. Plus loin, le long de la chaîne, les autres détenus glissent les pièces sous les machines à coudre, pendant que d'autres estampillent le tissu avec un gros tampon à l'encre bleue. Ils confectionnent les vêtements très en vogue parmi les chefs de bande et les gamins qui ont une vision romantique de la vie en prison.

Le garçon a entendu dire que Risk et sa bande fabriquaient des armes blanches avec ces lames aiguisées et n'importe quel objet qui pourrait leur servir. Il pense à tous ces poignards – plusieurs centaines – cachés partout dans la prison, scotchés sous les bureaux, enfouis dans les matelas, dissimulés dans les nombreux trous à rat des vieux murs. En y mettant le prix, n'importe qui peut se procurer un poignard. N'importe qui, sauf le garçon, justement. S'il cherchait à en acheter un, même pour se donner la mort, Risk en serait informé.

En revanche, il a appris à bricoler dans l'atelier de son père. Il regarde les lames en métal luisant et se dit : je peux en fabriquer un.

La seule question qui se pose, c'est : que vais-je en faire ?

Il déambule dans la prison, et pourtant ses yeux ne voient rien. Il connaît les cellules où Risk et ses potes se tordent de rire le soir, soûlés au pruno. Il connaît les cages d'escalier dont la pierre exsude, comme après coup, une vieille odeur de sang. Il connaît les couloirs tranquilles du bâtiment administratif où les gardiens et le personnel ont leurs bureaux. Le soir, le bâtiment est fermé à clé, mais le garçon connaît les fenêtres qui s'entrouvrent sur la touffeur des nuits d'été et parfois, il se coule dans leur ombre, le long des murs obscurs qui échappent au regard des gardiens dans leurs miradors.

Le garçon s'avance dans la cour. Les hommes se tournent pour le voir puis, après un rapide coup d'œil vers la cabane des violeurs, secouent la tête. Le garçon se tient planté là tel un fantôme, ses cheveux blancs forment un halo autour de son visage sans expression, ses lèvres rouges sont comme fardées, ses jambes deux maigres baguettes dans son pantalon. Le doux petit ventre de la jeunesse n'est plus qu'un grand creux sous son uniforme, et parfois, quand il attrape son sexe pour pisser, il croit qu'il n'y a plus rien. Le petit escargot s'est rétracté dans sa coquille.

Le garçon se balance d'un pied sur l'autre. Il observe Risk et sa bande près de l'aire de musculation, il entend le claquement métallique des poids et l'exclamation saluant un soulevé de terre réussi. Les hommes bandent leurs muscles en rigolant, Risk rejette d'un geste ses cheveux emmêlés. Désormais, il ne voit le garçon que lorsqu'il en a envie. Le jeune homme n'est plus à leurs yeux qu'une carcasse vide.

Le garçon voit Conroy quitter le bâtiment administratif et traverser la cour. Les hommes s'écartent devant lui. Les très grands arbres de la cour oscillent, Risk debout en leur centre.

Conroy s'avance vers le caïd avec un petit sourire entendu. Il veut qu'on l'appelle sur le téléphone qui dit oui, il sait ce qu'il faut dire à Risk. Une nouvelle fournée de détenus arrive. Il y a un garçon dans le bus, un tendre adolescent de quinze ans, un Hispano-Américain avec une peau de pêche et de fins cheveux noirs, un garçon si jeune qu'il a encore du duvet sur les joues. Conroy sait ce qui plaît à Risk, il sait aussi ce que Risk va lui donner en échange.

Le garçon aux cheveux blancs regarde la poussière voler sur les rangers de Conroy qui s'approchent de Risk. Il voit les deux hommes se taper dans le dos en rigolant avant de s'éloigner ensemble. Le lieu enchanté tout entier soupire.

Il ne reste plus qu'un dernier espoir dans le cœur du garçon aux cheveux blancs. C'est une idée trop précieuse pour qu'il puisse la nommer. Une idée qui ne résoudra pas les choses, parce que rien ne peut être résolu. Une idée qui ne lui permettra pas de retrouver la joie de vivre ou son intégrité, parce qu'il ne pourra plus jamais retrouver ni l'une ni l'autre.

Mais cette idée… Il tend ses bras maigres pour voir si ses mains tremblent. Elles ne tremblent pas.

Le garçon voit Risk et Conroy sceller leur échange d'une poignée de main. Inconsciemment, le caïd roule des épaules en pensant à ce qui l'attend. Les autres, sur l'aire de musculation, le remarquent et sourient de plaisir.

Mais ce n'est pas Risk que le garçon aux cheveux blancs est en train d'observer. C'est Conroy, avec ses bottes noires et son air de rien. C'est Conroy, qui attend qu'on l'appelle sur son téléphone qui dit oui.

La dame rend visite à York. Elle a les traits tirés. Elle n'a pas dormi.

York attend dans la cage Dugdemona. Il ne reste plus que quelques jours avant la date de son exécution. Il ne s'intéresse plus au coin de ciel derrière la fenêtre. Il regarde fixement la dame.

— Alors ? demande-t-il.

Elle détecte la peur dans ses yeux noirs. Il craint qu'elle ne soit venue lui dire qu'elle lui a sauvé la vie, que la date de son procès a été fixée. Il est terrorisé à l'idée d'être conduit à la section des perpètes, d'être ébloui par la lumière du soleil, d'attendre la mort pendant de longues années, à moins qu'il ne soit poignardé avant. Il va redouter qu'on l'envoie dans les cercueils métalliques du Bloc H, ou de déclencher la fureur de Risk et de sa bande. Si le couloir de la mort est une punition sévère, la perpétuité sans conditionnelle peut s'avérer une torture interminable.

La mort était son filet de sécurité. C'était la solution à l'extrême confusion de ses sentiments, à ce qu'il savait secrètement être le mal indicible dont il a été la cause. C'était la seule façon d'échapper à cet enfer qu'est sa vie.

La dame saisit cela à présent. Elle voit que c'est sincèrement ce qu'il désire.

Elle pense que sa mère était animée d'une pulsion vitale très puissante, en dépit de tous ceux qui cherchaient à l'éteindre, et que c'est cette pulsion qui a présidé à sa naissance. Elle perçoit l'inverse chez York, un homme fait d'un bois plus résistant mais plein de noirceur, et résolu à partir.

A-t-elle déjà pris la décision ? Elle n'en est pas sûre. Elle va ruiner sa carrière si elle agit comme il le lui demande. Elle regarde le lourd dossier qu'elle tient en main.

— J'ai quelque chose pour vous, dit-elle lentement.

— Quoi ? dit-il d'une voix morne.

Elle se lève, tremblante, et glisse le dossier à travers les barreaux de la cage.

— Je veux vous laisser le choix.

La dame et York finissent par parler des heures. Comme il sait à peine lire, elle lui explique gentiment tout ce qu'elle a trouvé – les rapports médicaux, les entretiens, les abus sexuels. Et surtout, l'examen de sang.

Elle lui dit qu'il est né avec la syphilis. La maladie est responsable de ses dents fendues et de ses os difformes, des étranges accès de fièvre et des éruptions cutanées signalés dans son carnet de santé d'enfant. Elle a germé dans son corps, se frayant un chemin par sa moelle épinière jusqu'à son cerveau. Elle y a fait éclore des désirs sulfureux, insensés. Elle finira par le tuer, tout comme elle a tué sa mère.

— Si cette information avait été connue lors de votre procès, vous auriez sûrement été jugé coupable, mais atteint de démence, lui explique-t-elle.

Comme il reste sans réaction, elle précise sa pensée :

— Vous auriez sans doute été envoyé en hôpital psychiatrique. Dans le meilleur des cas, vous auriez été condamné à perpétuité sans possibilité de libération conditionnelle, dit-elle, avant de marquer une pause. Ce qui pourrait encore se produire, si j'en informe les avocats, ajoute-t-elle.

— J'aurais droit à un nouveau procès ?

— Oui.

— Je pourrais même sortir d'ici ? Pour vivre dans un hôpital psychiatrique ?

Le regard de la dame est assombri par une crainte contenue. Elle se demande si le portail de l'hôpital est assez haut, la clôture assez solide.

— Oui.

York caresse le dossier et esquisse un sourire.

— Ma vie est ici, point final.

— Entendu.

— Merci.

Elle cligne des yeux, surprise.

— De rien.

Il reste assis dans la cage un long moment avec le dossier dans les mains. Son visage est plus paisible qu'elle ne l'a jamais vu. Puis, levant les yeux vers la fenêtre, il regarde le coin de ciel par-dessus l'épaule de la dame. Le ciel est d'un bleu pastel aujourd'hui, et York croit presque sentir la chaleur du soleil.

— Tenez, dit-il en lui rendant le dossier.

Elle le prend avec précaution. Il se penche en avant. Leurs yeux noirs se croisent.

— Laissez-moi vous expliquer ce que je veux, dit York.

Lorsqu'une exécution est médiatisée, les gens se rassemblent à l'extérieur pour manifester.

D'un côté, il y a le clan des Avocats. De l'autre, celui des Victimes. Le directeur pense que le clan des Avocats tend à battre sa coulpe et celui des Victimes à plaider la mort.

Debout devant sa fenêtre, le directeur regarde les deux

clans arriver sous un soleil de plomb dans des voitures aux pare-chocs couverts d'autocollants. Ils se penchent vers la banquette arrière pour attraper leurs pancartes montées sur du bois tellement frais que la sève coule encore. Il se dit que ces manifestants ont l'esprit macabre, comme les gens qui déposent des nounours sur les tombes d'enfants. Ils viennent ici pour le spectacle. Quand ce sera terminé, ils iront sans doute manger des crêpes.

Aujourd'hui, ils sont venus pour York.

En général, les exécutions passent presque inaperçues. C'est uniquement parce que York a choisi de mourir que son cas suscite tant d'intérêt. L'ironie de la situation n'échappe pas au directeur.

Il n'est que quatre heures de l'après-midi, le ciel est un liquide en fusion, mais les représentants des deux clans sont déjà sur le parking de la prison. Pour le moment, ils s'ignorent. Le clan des Avocats arbore des rubans rouges parce que York leur a dit que c'était sa couleur. Ils ne saisissent pas la plaisanterie ? Celui des Victimes porte des pancartes avec les photos des jeunes filles assassinées par York. Le directeur a horreur de cela. Ces gens-là ne les connaissaient pas. Ils ne connaissent pas leurs familles non plus. Ils n'ont aucun droit d'agir ainsi. Laissez donc ces pauvres gamines reposer en paix.

Le directeur est arrivé à la prison très tôt ce matin. Depuis que sa femme est morte, il n'a pas envie de rester chez lui. Le ranch accueillant d'autrefois lui semble sans vie. Quand il l'aura vendu, il compte louer un logement sans caractère avec des murs peints en beige, des plans de travail en Formica et rien qui puisse lui rappeler ce qu'il a perdu.

Le directeur soupire. La journée va être longue, comme toujours lorsqu'une exécution est programmée. Il doit rester dans son bureau parce que le téléphone ne va pas cesser de sonner jusqu'à l'heure dite, à minuit. Il se laisse tomber dans son fauteuil. Il lui arrive de se dire que la peine de mort est une vaste plaisanterie. Cela ressemble à un jeu dans lequel personne ne souhaite voir mourir les assassins comme York. Alors on leur donne des avocats comme Faucheur et Associés, et l'on assiste au déroulement du match qui se joue sur des décennies pendant que les familles des victimes attendent dans la souffrance.

Il fait une chaleur de fournaise, se dit-il. Il y a deux ventilateurs en marche, et pourtant pas un souffle d'air dans ce bureau où l'on étouffe. Durant les vagues de chaleur, les détenus tombent comme des mouches, et même les membres du personnel souffrent de malaises. Ah ! si seulement il avait l'air conditionné. Être rafraîchi en été et correctement chauffé en hiver, ce serait trop demander ?

Le téléphone sonne. C'est un appel de la chambre d'exécution. Tout est en place. Les chemises noires sont prêtes.

Le directeur met à jour rapports et paperasse. Conroy a encore coincé un trafiquant de drogue au parloir, du joli boulot. La lecture du rapport final de cet officier sur le meurtre de la gardienne le chagrine. D'après les renseignements fournis par Conroy, elle aurait été mêlée à une affaire de corruption impliquant des détenus. Le directeur est déçu. Il aimait bien cette femme. Il prend connaissance d'un rapport sur le Bloc H. À sa demande, une commission a étudié la situation. Elle en a conclu que, pour la bonne santé mentale des détenus, il faudrait leur accorder des sorties journalières. Le directeur opine et note quelques suggestions. S'ils continuent à avoir des problèmes de suicide et de décès dans le Bloc H, il le fera fermer et reprendra tout de zéro. Ce programme, dont il a hérité, le met dans l'embarras. N'importe quelle personne sensée voit bien qu'il n'est pas bon de garder des hommes enfermés 24 h/24.

Le directeur consulte le devis d'une entreprise sollicitée pour équiper la prison de serrures modernes et de détecteurs de mouvement destinés à empêcher la déambulation des détenus. Le coût de cette modernisation le fait sourire. Il est impatient de voir comment le Capitole va réagir. Ce sera sans doute aussi drôle que la fois où il a demandé des repas de meilleure qualité. Il avait affronté une levée de boucliers incroyable, on l'accusait de vouloir choyer les prisonniers.

Dehors, les slogans et les chants ont commencé. Il consulte sa montre. J'espère que vous avez de la voix, les gars, se dit-il, il vous reste un paquet d'heures.

À six heures du soir, il sort le repas qu'il a apporté. Des lasagnes froides de chez l'Italien du coin avec un morceau de focaccia un peu rassise et du beurre. Une canette de limonade light. Et pour finir, une tranche de cake à la banane et aux noix sortie du congélateur. En mordant dedans, il pense à sa femme et la repose aussitôt.

Il répond pendant deux heures aux appels téléphoniques d'allumés qui ont réussi, on ne sait trop comment, à obtenir son numéro. L'un d'eux a la voix d'un type en train de se masturber. Pour la plupart, ils se contentent de lui hurler « assassin » avant de raccrocher.

Huit heures. Cette attente me tue, pense-t-il d'un air las, ce qui le fait rire sans le vouloir. Il ne voit pas son visage creusé de rides de tristesse, quand il a fini.

La nuit tombe. Une brise venue de la rivière entre par la fenêtre. Ça fait du bien. Le soleil bascule et le ciel s'éclaire d'un gris sombre strié de rose. Les oies s'envolent en tournoyant pour repartir vers la rivière.

Il téléphone à un gardien en poste dans le couloir.

— Est-ce que York tient le coup ?

— Heureux comme un cochon dans sa merde, répond le gardien.

— Des visiteurs de dernière minute ? Le prêtre ?

— Il a envie de parler à personne, et surtout pas à cette chiffe molle, qu'il dit.

— Bien. (Le directeur se tait un instant.) La dame est passée ?

— Ben non. Pas depuis quelques jours.

Le directeur trouve cela inquiétant. Il tente de se rassurer en se disant qu'il est trop tard pour qu'elle puisse déposer une requête devant les tribunaux. Il n'est jamais trop tard, il le sait.

Il reçoit un appel passablement affolé du médecin pénitentiaire. Ils ont eu un problème avec la machine, mais ils ont fini par le résoudre. Oui, les tests ont été effectués. Les chaises des témoins sont en place. Ils ont sorti le café et les donuts pour les familles des victimes, mais personne n'est encore arrivé.

Tout est en ordre. Neuf heures. Trois de plus à attendre. Les manifestants en colère hurlent des slogans. Le directeur se félicite que la police soit dehors pour gérer ce cirque. Il n'aura pas à se préoccuper des bagarres inévitables. Les familles des victimes arrivent. Il reconnaît toujours ce moment-là aux rugissements de la foule qui leur crie des injures ou son soutien. Des gardes armés escortent les familles jusqu'au poste d'observation de la chambre d'exécution. Le directeur les rencontrera quand il descendra avec York, puis il leur parlera une fois ce dernier mort afin de s'assurer que tout le monde va bien.

Le verrouillage général se déclenche peu avant l'exécution. Un à un, les miradors allument leurs projecteurs ; la cour poussiéreuse est déserte. En principe, tous les détenus sont dans leur cellule. Les portes de la prison claquent, les lumières rouges clignotent à deux reprises dans les couloirs et au sommet des miradors. Les gardiens prennent leur poste.

Dans les miradors, les gardiens sont debout, fusil à l'épaule. Il fait nuit maintenant. Les étoiles s'allument dans le ciel, un violent éclairage inonde le parking.

Le clan des Avocats acclame la célèbre religieuse qui vient d'arriver. Le clan des Victimes se renfrogne. Ils ne peuvent pas protester contre une religieuse. Leurs voix se font sourdes. Les slogans reprennent de plus belle.

On frappe à la porte. C'est le gardien-chef des détenus qui lui annonce que tout va bien. Le directeur l'en remercie.

Dix heures. Le téléphone du directeur s'est tu. Chaque

heure qui passe éloigne un peu plus le risque d'un retour en arrière. Sauf si la dame a entrepris quelque chose qu'il ignore. Il se souvient qu'il n'a jamais connu de rendez-vous avec la mort qui soit différé si près de l'échéance. Mais il y a une première fois à tout.

Les slogans retentissent à présent, les deux clans se renvoient la balle. Une chance que les journaux télévisés ne soient pas venus. Le public ne s'intéresse plus aux exécutions. N'empêche, quand tout sera fini, un garde armé l'escortera jusqu'à sa voiture et l'un des policiers regardera sous le capot. Le directeur d'une autre prison d'État a été tué dans les mêmes circonstances par l'explosion d'une bombe placée sous son véhicule. Le directeur réfléchit. Pourquoi est-ce si compliqué ? Pourquoi est-ce si facile ?

Un petit vent se lève et une odeur suave entre par la fenêtre. Il bâille. Il prend le thermos sur son bureau pour boire une tasse de café fort, très chaud et bien sucré.

Il ne lâche pas son téléphone des yeux et se rend compte qu'il attend des nouvelles de la dame ; il a un peu le cœur serré pour elle, à l'idée qu'elle ne va pas gagner cette affaire. Il s'étonne lui-même. S'il se met à la soutenir, c'est qu'il s'est trompé de métier. Grâce à elle, il a une vie plus intéressante.

Onze heures. C'est le moment d'aller chercher York. Le directeur va retrouver les chemises noires, ce sont eux qui escorteront le condamné jusqu'à la chambre d'exécution. Lui regardera le médecin relier les bras de l'homme aux lianes des médecins, c'est lui aussi qui recueillera ses dernières paroles avant d'appuyer sur les boutons et de voir York mourir. Il entendra annoncer l'heure de la mort, et il entendra s'élever dehors les acclamations et la clameur dévote, comme pour toutes les autres exécutions qu'il a dirigées, celle de Striker et des autres avant lui. Il réconfortera les familles et parlera aux gardiens qui regrettent d'avoir endossé la chemise noire ; il y en a toujours un, un homme au regard mouillé qui a eu la nausée de devoir ôter une vie. Le directeur a autant de respect pour ces hommes-là que pour les autres. C'est juste un boulot, leur dit-il, vous n'êtes pas obligés de le faire. Ensuite, il rentrera chez lui, dans sa maison vide, avec la pelouse qui n'est toujours pas tondue et la pancarte « À Vendre » à l'extérieur, et il pensera à sa femme.

Dehors, ils se sont mis à chanter. Au secours ! C'est « Kumbaya ». Il faut y aller. Il se lève pesamment.

En bas, dans notre couloir, York attend depuis des heures devant sa porte.

Il a terminé son dernier repas avec entrain, en s'exclamant bien fort, pour que tout le monde entende, qu'il n'a pas eu autant d'appétit depuis des lustres, mais mince alors, qu'est-ce que c'était bon. Je sentais ça depuis ma cellule : poulet frit avec sauce et purée de pommes de terre, maïs grillé et tarte aux pommes.

York ne voulait pas confier son dernier repas aux cuisines de la prison, alors il s'est fait livrer. Un gardien lui a apporté un grand sac taché de gras du Kentucky Fried Chicken. Je me rappelle avoir entendu parler de cet endroit quand j'étais gamin ; je n'y ai jamais mangé, mais sûr que ça sentait bon. York croquait si bruyamment dans la peau du poulet qu'on l'entendait tous jusqu'à l'autre bout du couloir. J'en avais l'eau à la bouche. Certains gémissaient d'envie, York en rigolait la bouche pleine. Sur mon plateau-repas, l'éternelle bouillie verdâtre flottait dans une eau grise, avec un truc indéfinissable qui ressemblait autant à des lentilles brunes qu'à des crottes de souris. Sur le côté, un lait glauque servi dans un gobelet en carton encore maculé du sang du type qui avait bu avant moi. J'ai essuyé le bord du gobelet en pensant au prêtre. Il était parti depuis longtemps, après que York l'avait envoyé promener avec sa prière et son air contrit devant la jubilation qui régnait dans sa cellule.

Je n'ai jamais entendu York si heureux. Il attend devant la porte en riant comme un gamin, échange des plaisanteries avec les autres détenus et compte avec impatience les minutes qui le séparent de sa propre mort.

— J'attends que ça, mon pote, dit-il en faisant le singe aux barreaux. Ça va être bon.

— Alors York, tu vas rencontrer ton Créateur ? l'interpelle un des gars.

— Et comment. Je me tire d'ici.

— Un sacré soulagement, mon frère. Ça, tu peux le dire.

La porte claque à l'autre bout du couloir. Chacun reprend son souffle et soupire.

Tout le monde connaît le pas du directeur, escorté par les chemises noires. Le silence les suit.

Le directeur arrive devant la cellule de York. Les chemises noires se tiennent derrière lui.

York jette un regard par-dessus les épaules du directeur comme s'il s'attendait à voir la dame, avec son dossier dans les bras. Mais elle est partie.

Il sourit, soulagé.

— Je suis prêt, chef.

Le directeur agite les clés, et les gardes vont ouvrir la cellule.

C'est alors que nous entendons tous un très léger tremblement, d'infimes vibrations qui nous signalent que les chevaux s'apprêtent à reprendre leur course. Je me lève de mon lit pour aller au fond de ma cellule. Je plaque mes mains sur le mur et je sens les chevaux trembler à travers la pierre, je sens leurs trépidations se propager dans mes jambes maigres avec ce creux entre mes cuisses, je les sens dans mes genoux cagneux et dans les courbes de mon bassin décharné.

J'écarte les doigts pour sentir les chevaux d'or. Ils sont loin sous terre, sous mes pieds, ils s'ébrouent, le regard dilaté d'impatience. Ils roulent leurs yeux noirs, un souffle chaud semblable à des jets d'écume dorée s'échappe de leur bouche. Une brume tiède et jaune monte jusqu'à ma caverne. Qu'est-ce qui les excite ainsi ? En réponse, le sol tremble un peu. Une chose grave, disent-ils. Une chose grave qui se passe ici en ce moment même.

Les gardiens crient dans les couloirs « Tous à terre ! » et la prison tout entière se met à trembler. Les chevaux courent ! À terre, connards ! Le directeur, suivi de tous les autres, se jette au sol comme en prière.

Les chevaux courent. Courez, chevaux, courez !

Et voilà, ils me répondent et se rapprochent, leurs sabots réjouis martèlent le sous-sol dans leur course, leurs corps en fusion répandent une chaleur d'or en surface.

De l'autre côté de la cour, au cœur de cette nuit enchantée, le garçon aux cheveux blancs est seul dehors. Il a déambulé dans les couloirs pendant des heures sans se faire molester, en regardant tous les détenus assis sur leur couchette dans l'attente de l'exécution. Il est passé devant les porteurs de cadavres qui se tiennent prêts, au bord de leur lit, en attendant d'être appelés. Par cette nuit si particulière, la prison est déserte, silencieuse. Dans le réfectoire obscur, le garçon passe devant les tables vides de la cafétéria, les armoires métalliques éraillées et les immenses cuves qui s'entrechoquent à chaque secousse. Il traverse les usines fermées et longe les corridors déserts pour atteindre enfin une porte qui s'ouvre sur la cour.

La cour est calme, si calme ; personne d'autre que le garçon. Il marche dans l'ombre des avant-toits afin de ne pas être repéré par les gardiens aux postes de surveillance. Les tables de pique-nique jettent des ombres noires, le losange du terrain de base-ball pareil à un espace vide à la gloire de trois bases et d'une destination finale. Les murs aveugles du Bloc H se dressent, menaçants, au-dessus de lui. Le four attend. Un gardien, embauché depuis peu, a rejoint son collègue dans la petite pièce surchauffée. Il ne comprend pas pourquoi son compagnon est si taciturne alors qu'ils attendent le dernier cadavre, qui sera celui de

York. Les deux hommes ressentent de nouvelles secousses et échangent un regard inquiet, ils tiennent la table dont les pieds se sont mis à danser. Au sous-sol, les grisegoules sont pantelantes d'impatience, leurs membres d'un gris argileux se coulent parmi les urnes encroûtées de cendre.

Dans la cour, la terre est si sèche qu'elle craque sous le pas léger du garçon. Ses yeux pâles qui ne voient rien ressemblent à ceux d'un jeune veau aveugle, il erre de la même façon.

Les chevaux courent ! ai-je envie de lui crier. Fais attention, petit gars !

En haut des tours, les gardiens entendent leur radio grésiller et se laissent tomber par terre au moment où les chevaux se lancent dans une course encore plus effrénée. Dans notre donjon, le directeur lui-même est prostré devant la cellule de York. Tous les hommes sont à plat ventre, les chemises noires comme les gardiens. York se met à rire, le directeur le regarde à travers les barreaux, tous deux ont les joues plaquées au sol et alors le directeur se met à rire, lui aussi.

Seul le garçon continue d'avancer, indifférent. Les secousses l'obligent à poser de temps en temps les mains au sol, mais il se relève aussitôt et repart, les paumes pleines de poussière. Il est tellement léger que ses pieds semblent flotter au-dessus du tremblement des chevaux.

Dehors, sur le parking, les manifestants hurlent de frayeur et tombent à genoux avant de filer à quatre pattes se réfugier dans leurs voitures.

Courez, chevaux, courez ! Et ils m'entendent, leur course est tellement débridée que le bâti de ma cellule vacille et que la poussière tombe en pluie du plafond. Les pieds de mon lit tambourinent sur le sol, ils dansent comme de l'eau sur une poêle à frire brûlante. Je me laisse tomber par terre, envahi par une joie incommensurable. Courez ! Et les chevaux répondent, leurs muscles tressaillent comme des ailes de libellules d'or qui palpitent sous mon corps.

Le garçon aux cheveux blancs passe sous les fenêtres du

bâtiment administratif. Sa chevelure de spectre se soulève. Voilà. L'une des fenêtres du conseiller a été entrouverte, dans l'espoir d'une petite brise, et n'a pas été refermée. Le garçon voit ses mains maigres l'atteindre, puis il se hisse, ses pieds trouvent difficilement prise sur la pierre.

Le bureau du conseiller est plongé dans le noir. Il n'y a personne. Le garçon se réceptionne en douceur. Les lumières sont éteintes, les couloirs plongés dans l'obscurité. Le garçon suit sans bruit le couloir secoué de tremblements.

Seul le bureau de Conroy est allumé. L'homme est assis à sa table, il a des rapports à rédiger mais passe le plus clair de son temps à tapoter avec un stylo sur son téléphone chéri, perdu dans ses pensées. Il aime bien rester là pour les exécutions. Il aime bien sentir le cercle de la vie se refermer. Un jour, il sera directeur et ce sera lui qui les regardera mourir. Ce sera lui qui appuiera sur les boutons rouges, lui qui s'assurera qu'on bascule le corps dans le four, lui qui réconfortera les familles des victimes. Cette pensée le fait sourire, il se demande si tous les hommes ont envie d'être un dieu, et quel mal y a-t-il à cela ?

Conroy a senti les chevaux courir. Mais cela ne le fait pas rire aux éclats, comme York et le directeur, ni rire de joie, comme moi. Les chevaux le dérangent, et c'est pour cette raison qu'ils veulent le punir, je crois. Oui. Ils veulent le punir.

Les chevaux prennent leur virage, ils tremblent tout près de mon mur et je sens leurs vibrations sur toute sa longueur. Sur le sol de sa cellule, York exulte, il rit à s'en fendre la panse, et de l'autre côté, le directeur rit aux éclats, lui aussi, dans un moment d'exaltation déchaînée que couronne cette ironie suprême : à l'heure de l'exécution, la mort nous menace tous.

— On va tous mourir, chef ! s'écrie York.

Le directeur est hilare, il s'agrippe au sol et sent son ventre secoué par les vibrations.

Les gardiens en chemise noire et les autres détenus, abasourdis, écoutent le directeur, puis bientôt s'esclaffent à leur tour, aplatis par terre telles des étoiles de mer pendant que les chevaux lancent des ruades.

Ils s'éloignent et filent droit sur le bâtiment administratif. Leurs sabots martèlent le sol, l'or en fusion s'échappe de leurs échines, leurs yeux farouches, révulsés, ne laissent plus entrevoir que leur blanc bleuté, au plus fort de leur cavalcade insensée, leur joie est telle qu'ils n'ont pas besoin de voir. Les petits hommes aux marteaux détalent vers les murs pour se cacher en caquetant d'excitation.

Personne ne remarque le garçon qui continue de suivre les couloirs obscurs, ses mains pâles tendues devant lui pour guider ses pas. Ses yeux ne voient toujours rien.

Allez, chevaux, allez-y !

Dans son bureau, Conroy peste. Foutus chevaux. Il se demande s'il ne devrait pas se réfugier sous son bureau, mais pour lui, c'est une idée digne d'une poule mouillée. Depuis sa plus tendre enfance, son père lui a appris à être un homme. Les hommes n'ont pas peur. Ils agissent.

Nouvelle secousse au moment où les chevaux repassent, plus près cette fois. Il se tient à son bureau. Foutus chevaux. Les stylos cliquettent dans leur pot, le téléphone tressaute en faisant vibrer le combiné sur son support. Il pose la main dessus pour l'empêcher de tomber.

Le garçon avance dans le couloir en vacillant d'un mur à l'autre, et les chevaux passent avec une telle violence que Conroy se dit qu'il vaudrait peut-être mieux s'abriter sous le bureau, après tout.

Mais quand il lève les yeux, il découvre, telle une apparition fantomatique, le garçon aux cheveux blancs debout sur le seuil de la porte. L'espace d'un instant, il ne voit pas qui ce peut bien être, il est suffoqué de trouver un détenu dans son bureau à cette heure-ci. C'est une transgression inadmissible, un délit qui l'autorise à tirer. Puis cela lui revient, il se souvient de ce garçon brisé, utilisé, bon à jeter. Il est bientôt minuit, se dit-il, que vient foutre cette espèce de dingue dans mon bureau ?

Le garçon vacille, un spectre dans son uniforme de prisonnier, et Conroy trouve plutôt bizarre de le voir danser d'un pas léger alors que les murs tremblent. Le jeune homme le regarde, l'œil hagard. Conroy pense qu'il va devoir l'abattre. Ce sera ennuyeux, avant tout il devra appeler les porteurs et donner à cette mort un air officiel. Il le sait d'expérience. Combien de détenus a-t-il descendus au fil des années, du haut des miradors, dans la cour, au bout des couloirs sans que personne ne voie rien ? Treize à la douzaine ? Quinze ? Vingt ?

Conroy se lève pour dégainer son arme au moment même où les chevaux reviennent joyeusement à la charge.

Allez, chevaux, foncez ! Les murs tremblent, une pluie de poussière tombe du plafond de ma cellule, c'est une tempête, une avalanche, alors je me relève pour danser dans le nuage argenté en suspension. La poussière d'argent pleut sur mes cheveux, elle se dépose sur ma peau comme la poudre des papillons. Mes bras en sont couverts, ils scintillent comme la belle peau froide et argentée des poissons.

Le directeur rit plus fort que jamais, toutes les chemises noires s'esclaffent avec lui dans la joie délirante du moment et, dans le donjon, tous les hommes éclatent de rire dans leurs cellules en sentant les murs trembler si fort qu'ils pourraient bien s'écrouler. Allez, chevaux, allez-y !

Conroy tente de dégainer son arme, mais les chevaux sont là, ils passent juste sous ses pieds, déforment le sol rendu glissant par les mouvements ondulants de leurs arrière-trains musculeux, il le sent se dérober sous ses bottes noires.

Foutus chevaux, se dit-il en se rattrapant au bord de son bureau juste avant de perdre l'équilibre et de tomber lourdement par terre ; ses genoux en craquent de douleur et de surprise.

Mais comme c'est étrange. Le garçon s'est mué en liquide blanc, vitesse pure, il abolit l'espace qui le sépare de Conroy comme le ferait le vent ou un poème. Il se déplace avec une grâce troublante, comme si les chevaux étaient venus l'aider, comme s'il connaissait l'intervalle entre deux secousses et en profitait pour poser ses pieds légers sur le sol ; l'instant d'après, il est là, c'est tout.

Il est là et Conroy est à terre.

Quelques secondes, se dit Conroy, juste quelques secondes. Il a les mains au sol, il essaye de retrouver l'équilibre, tente d'attraper le pistolet à sa ceinture, mais l'arme lui semble très loin de sa main maladroite, il voit les jambes du garçon soudain tout près, et un appel d'air l'avertit que l'autre a levé un bras. Une sensation de métal froid ; d'où cela vient-il ? L'instant d'après, il sait. Il le sait en ressentant une douleur déchirante, interminable, pendant que les murs tremblent et que les chevaux martèlent le sol tant et tant que le lieu tout entier est livré à la joie de leur plaisir haletant, à la conscience émerveillée d'une tâche bien exécutée.

Le garçon aux cheveux blancs repart à pas feutrés le long des couloirs obscurs du bâtiment administratif tandis que les secousses s'éloignent peu à peu. Les murs reprennent leur place avec des grincements et des soupirs, l'enchantement trouve un nouveau rythme.

Dans leurs terriers secrets, les petits hommes époussettent leur veste, nettoient leurs petites mains griffues à coups de langue étroite tout en babillant.

Le directeur se remet debout devant la cellule de York et secoue la poussière de ses mains, il a mal aux côtes d'avoir tant ri. Il lève la tête vers York, leurs regards se croisent. Celui du directeur le rassure, tout se passera bien.

Les chemises noires se relèvent, elles aussi, en époussetant leur tenue de bourreau. Ils ouvrent la porte de la cellule et tendent les menottes au condamné. Il a des fers aux pieds. Dans leurs cellules, les autres détenus se lèvent. Ils s'approchent des barreaux pour voir York partir.

Je n'entends pas York marcher dans le couloir. C'est parce qu'il est déjà parti, je crois.

Dans ma cellule, je me remets debout, couvert de

poussière, et je m'essuie la figure avec les mains pour en connaître le goût. En me touchant les joues, je me rends compte que j'ai pleuré. Mes larmes ont un goût de sel et de sang, comme les profondeurs d'un immense océan.

Le garçon aux cheveux blancs passe par la fenêtre pour atterrir dans les ombres de la cour. Dans la cafétéria, il enlève ses vêtements éclaboussés de sang puis les roule en boule autour de la lame ensanglantée. Il enfouit ce paquet humide dans une poubelle, au milieu des déchets pourris. Avec un peu de chance, les poubelles seront sorties avant l'aube, les détenus de service les tireront jusqu'aux camions de ramassage avant que le brouillard ne se lève sur la rivière.

Le garçon reste là, il est nu et frissonne, la lune éclaire son corps mince et pâle. Il se dirige calmement vers les cuisines obscures. Il glisse la main sous un placard où il a caché un uniforme neuf volé quelques jours plus tôt dans la réserve. Une fois son uniforme propre et sec revêtu, il a l'impression de s'être glissé dans une nouvelle peau.

Les lumières s'allument et, dans les miradors, les gardiens se relèvent pour retourner à leur poste. La radio se remet en marche et braille de là-haut. Sur le parking, les manifestants rejoignent leurs voitures d'un pas chancelant puis s'en vont. Les chevaux sont repartis en courant dans les profondeurs de la terre, ils ont regagné le lieu enchanté où ils vivent, parmi les tours de marbre et les rivières de pierre. Ils secouent leur crinière et se regardent en roulant des yeux, l'air ravi, ils rient en se poussant du museau dans l'or de leur encolure.

Le corps de Conroy gît par terre, derrière son bureau, le sang dessine des zigzags sur le sol qui s'apaise enfin. On ne le trouvera pas avant le matin – longtemps après que les poubelles des cuisines seront parties à la décharge, longtemps après que les porteurs auront mis les cadavres de la journée, y compris celui de York, sur les chariots pour les emporter de l'autre côté de la cour, longtemps après que le directeur aura été escorté jusqu'à sa voiture au fond du parking désert, jonché de panneaux abandonnés par les manifestants.

Le garçon regagne sa cellule, où le vieil homme faisait semblant de dormir. Le vieux se lève pour enlever la boulette de papier glissée dans la serrure et laisse entrer son jeune compagnon. Il y a de la poussière partout, les deux hommes secouent leur couverture. Le garçon se glisse à quatre pattes sur la couchette du bas, et le vieil homme le regarde avec de grands yeux sombres dans la nuit. Puis il tend la main pour toucher le garçon, tout doucement, avant de grimper dans sa couchette, en haut. Quelques instants plus tard, il ronfle déjà.

Ce sera bientôt l'aube, songe le jeune homme, et il bâille à s'en décrocher la mâchoire. L'aube. Il me reste moins de deux ans à tirer. Vingt mois, peut-être, réalise-t-il. C'est pareil que de se réveiller. Vingt mois, c'est vingt lunes. C'est vingt anniversaires célébrés l'un après l'autre. C'est une lune qui naît et une autre qui finit, et ça va passer.

Demain, se dit-il, je n'irai pas au réfectoire. Je n'irai plus dans la cour d'exercice. Je ne déambulerai plus dans la prison. Je resterai dans ma cellule tant que les autres ne seront pas passés. Je ferai attention dans les couloirs, je surveillerai mes fesses et resterai tout le temps sur mes gardes. J'éviterai les couloirs obscurs, et surtout les escaliers silencieux.

Je trouverai les endroits sûrs pour un garçon, pour un homme, comme moi.

Il bâille de plus belle. Je devrais peut-être commencer par la bibliothèque, se dit-il.

La dame est en route pour le pays bleu, une fois de plus. Elle ne s'arrête pas pour voir tante Beth. Elle se rend directement à l'endroit que York lui a indiqué, là où il vivait avec sa mère.

La cahute est encore plus petite qu'elle ne l'avait imaginée, son toit bas, couvert de mousse brune, est affaissé. Les fenêtres sont cassées, le pavement déformé creusé par les rongeurs. La porte ne tient plus que par les charnières. Sous une fenêtre isolée, un vieux rosier résiste encore, tordu et hérissé d'épines. La dame roule entre ses doigts un cynorrhodon desséché en se demandant si la fleur était jaune ou rouge. La saison est trop avancée pour le dire.

Elle ouvre la porte avec précaution, en baissant instinctivement la tête au cas où quelque bestiole s'enfuirait à tire-d'aile. L'unique pièce est vide. Sur le plancher vétuste, le bois éraflé garde la trace des quatre pieds de lit. Il ne reste plus rien dans les placards, les souris ont tout dévalisé sur les étagères. Les murs qui s'effritent sont couverts de graffitis – des gamins des villes partis depuis longtemps.

Un cendrier de fortune rempli de mégots traîne sur le sol jonché de canettes de bière écrasées. Il flotte une odeur de pisse de chat et aussi de bête sauvage, un lynx sans doute.

Elle imagine le jeune York, avec ses jambes maigrelettes d'adolescent, assis tout seul dans cette pièce à longueur de journée, en train de grignoter des bouts d'aggloméré, faute de mieux. Jusqu'à ce que la graine germe et se fraye un chemin dans sa moelle épinière. Le gamin ne pensait à rien, et puis un jour ce rien est devenu mauvais. Combien d'autres pensées, de bonnes pensées, auraient pu naître dans son esprit au lieu de celles-là, songe la dame.

Elle jette un coup d'œil dehors par l'un des carreaux cassés. La cahute est entourée d'un fouillis impénétrable de ronces et d'arbres morts tombés à terre. Impossible de s'échapper d'ici, nulle part où courir se réfugier. Plus loin, sur la route défoncée, se trouve l'endroit où York attendait le car scolaire qui ne passait que rarement.

Elle referme doucement la porte derrière elle en partant.

De retour dans sa voiture, elle pose la main sur son dossier. Ne t'en fais pas, a-t-elle envie de lui dire, comme si le dossier était York et que York n'était pas mort.

Elle reprend la route en sens inverse pour quitter ce lieu,

elle laisse derrière elle la ville de Sawmill Falls et les routes qu'elle ne veut plus revoir. Elle rejoint alors celle qu'elle a choisie et qui la mène aux lacs d'émeraude. Son cœur s'ouvre, elle respire.

Elle se gare devant le motel où elle était descendue. La patronne grecque est en train de balayer sa terrasse, son gros ventre ceint d'un tablier déteint, ses cheveux gris couverts d'un fichu. Elle ne lève pas la tête pour voir la dame se diriger vers la rive, le dossier sous le bras.

La dame est seule sur la plage caillouteuse. Le soleil couronne la crête des petites vagues. Le lac est calme aujourd'hui. Une onde se forme à quelques mètres du rivage, mais il n'y a pas de poissons qui sautent. Elle se retourne vers les cèdres bleus qui se dressent derrière elle, tels des bras rassurants autour de ses épaules – une étreinte comme elle aurait aimé que York et tous les autres en connaissent. Tu peux bien souhaiter ça maintenant, se dit-elle. Ça ne change rien à ce qu'ils ont fait.

Elle marche et finit par trouver un gros rocher au bord du lac. C'est un coin paisible, sous l'ombrage des arbres. Elle soulève le rocher, satisfaite de trouver dessous une terre sombre, graveleuse. Quand les pluies arriveront, l'eau va monter et ce qui est caché sous ce rocher sera dissous, les mots délayés se disloqueront jusqu'à ce qu'il ne reste plus que des lettres et finalement plus rien.

Je te mets en lieu sûr, York, pense la dame. C'est le lieu dont tu as toujours eu besoin, un lieu où rêver en toute sécurité. Et espérer.

C'est tout ce que je souhaite, lui a-t-il dit lors de leur dernier entretien. Un lieu où me reposer.

La dame se sert de ses mains pour creuser un trou plus profond. Elle ramasse le dossier, le macule de boue. Puis elle le dépose avec soin dans le trou et remet le rocher en place. Voilà. Désormais, le passé de York est un nouveau secret.

Elle pense qu'elle va éclater en sanglots, mais non.

Elle se relève lentement et s'étire. Debout, les bras salis, elle sait qu'il va falloir frotter fort pour débarrasser ses ongles de cette terre noire pleine de gravier.

Elle inspire profondément et lève les yeux vers le ciel au-dessus du lac aux eaux limpides.

Je t'ai vu, York. Je t'ai connu, je sais qui tu as été réellement, ce que tu désirais sincèrement.

— Vous acceptez mes condoléances ? demande le prêtre déchu à la dame.

Ils se promènent sous les arbres gigantesques qui entourent les murs extérieurs. Le prêtre marche tête baissée, le regard triste, l'air préoccupé, les mains dans les poches.

La dame est passée pour prendre des papiers, mais en réalité, c'est pour prendre une décision. Les avocats continuent de l'appeler. Ils soupçonnent quelque chose, on dirait. Pourquoi ne les a-t-elle jamais rappelés, même pour dire qu'elle n'avait rien trouvé ? Et où est le dossier de York ?

Un chapitre va bientôt se clore.

— Non, répond-elle en secouant la tête, le visage soucieux.

— Pourquoi pas ? Vous avez perdu York.

— Comment ça ?

Elle a l'air fatiguée.

— Bizarre ce qui est arrivé à ce gardien, Conroy, cette nuit-là, dit-il.

— D'après ce que je sais, il l'avait bien cherché.

Il ouvre la bouche pour répondre.

— Mieux vaut ne pas poser de questions.

Elle a envie de lui demander quelque chose, mais n'y parvient pas.

— Il m'arrive de vous imaginer en soutane, dit-elle soudain.

La remarque le laisse interdit.

— Mais je vous aime mieux comme ça, poursuit-elle. Vous êtes plus vrai, il me semble.

— Ce n'était pas moi, vêtu d'une soutane.

Ils marchent d'un pas lent, chacun s'efforçant de faire durer la promenade sans rien en laisser paraître.

— Vais-je vous revoir ? Pour votre prochaine affaire ?

La dame ne répond pas.

— Avez-vous jamais eu besoin de laver vos soutanes ? demande-t-elle.

Ils s'arrêtent, tout près de l'entrée principale. Le visage du prêtre est empreint d'un profond désespoir mêlé d'un désir fou. Il voit l'enchantement maintenant, il le voit chez la dame.

Sans attendre sa réponse, elle lui dit :

— Je l'aurais fait pour vous.

La dame avance dans notre couloir.

Je sais, au son de ses pas, que c'est la dernière fois qu'elle vient ici. Elle se dit qu'elle ne peut plus continuer avec ce travail, pas après ce qu'elle a fait. Si cela se savait, elle perdrait tout. Il y a, dans son pas feutré, un je-ne-sais-quoi qui dit au revoir. Je savoure cela comme j'ai savouré tout ce qui émanait d'elle.

Je mets la main sur ma poitrine sous la couverture. Mon cœur bat la chamade.

Si la dame continue jusqu'au bout du couloir, elle trouvera le prêtre dans son bureau. Il est assis à sa table de travail, malade à l'idée de la perdre.

Je veux que la dame aille trouver le prêtre déchu. Je veux qu'elle lui dise – quoi, au juste ? Qu'elle a besoin de lui. Qu'elle lui dise : « Viens avec moi, prêtre, apprenons à nous connaître. »

Je l'entends s'arrêter. Un pas de plus. Juste un. Va le voir. Délivre-toi, délivre-le. Mais elle fait demi-tour. Elle hésite. Elle ne croit pas être digne d'être connue de cet homme-là, ni de qui que ce soit d'autre. Elle se dit qu'elle sera toujours seule.

Je ne peux pas accepter une chose pareille. Je bondis de mon lit pour me retrouver devant la porte de ma cellule. C'est un terrible effort, et pourtant il faut que je le fasse. Je passe brutalement les mains entre les barreaux et reçois le choc de l'air en mouvement, comme une gifle.

La dame se retourne. Elle va me voir. Désespéré, j'agite une main squelettique. En m'apercevant, la dame se fige sur place. Nos regards se croisent. C'est la première personne qui pose les yeux sur moi depuis une éternité.

Elle est tétanisée. Elle me regarde, puis regarde ma main décharnée qui lui fait signe.

Vas-y, Madame. J'y mets toute la force de mon esprit. Vas-y. Va le voir maintenant. Je t'en prie, permets-lui de te connaître.

Elle reste plantée là, à me regarder, à me regarder, moi. Puis elle se détourne et fonce dans le couloir, vers le prêtre.

Je tremble. Je remonte sur mon lit me cacher sous la couverture. Je me demande quel sera le châtiment. Les monstres qui courent sous ma peau vont-ils tourmenter la dame ? Va-t-elle contaminer le prêtre ? Les petits hommes vont-ils entendre et apporter leurs marteaux, à moins que les grisegoules ne se tortillent de joie en pensant à ce qui se prépare ? Les chevaux d'or vont-ils revenir pour marteler une réponse à la dame ?

Les murs ne bougent pas. Les petits hommes ne viennent pas. Les grisegoules se tiennent tranquilles. Les chevaux restent silencieux. Et mon cœur est paisible.

Je reste sous ma couverture pendant une éternité avant de décider que la dame est assez forte pour avoir posé les yeux sur moi. Un jour, elle considérera les monstres pour ce qu'ils sont et cessera de se demander pourquoi elle va les chercher. Elle arrêtera de se reprocher de vouloir leur édifier des châteaux forts. Les monstres ont besoin de paix, eux aussi. Les monstres ont besoin d'une personne sincèrement désireuse de les écouter, eux aussi, de les entendre vraiment, afin qu'un jour nous puissions trouver les mots qui soient davantage que des cases à cocher. Alors nous pourrons peut-être faire en sorte que jamais plus n'existent des hommes comme moi.

La dame a un don, j'espère qu'elle continuera de l'utiliser. C'est le don de comprendre les hommes comme moi.

La lumière du plafond s'est allumée et éteinte de nombreuses fois depuis. L'automne est là. J'en sens l'odeur dans les feuilles humides collées à la semelle des rangers des gardiens, j'en sens le goût dans les curieux restes qui traînent sur mon plateau : plusieurs jours de courges pourries et bouillies. Les pluies d'automne sont arrivées. J'en sens le goût à l'humidité que les gants de cuir des gardiens laissent au passage sur mes barreaux. La pluie a le goût des rivières.

On raconte que lorsque le directeur a appris qui était véritablement Conroy – sa mort libérant la parole des hommes –, il a ordonné une enquête, en bonne et due forme, et qu'il y a eu plein de changements dans notre lieu enchanté. Risk et ses acolytes ne hurlent plus leur ivresse toute-puissante depuis le quartier des perpètes. On a fait le vide dans leurs cellules ; fini les réchauds, les sacs de pruno, les planques à couteaux. Ils attendent leur tour devant l'aire de musculation, comme tout le monde, et mangent le même rata que tout le monde.

Leurs victimes... D'accord, il y a des choses qui ne changent jamais, mais les nouveaux ne sont plus aussi harcelés. Ils peuvent s'en tirer.

Le garçon aux cheveux blancs marche sans crainte parmi les autres. Il a la tête haute, le regard clair. Il compte les derniers mois qui lui restent. Il a retrouvé le sens du temps, c'est ce que nous souhaitons tous. Chacun peut voir le temps s'écouler dans ses yeux, comme une force mystique qui illumine les minutes, les jours, les semaines et les années à venir. On peut entrevoir le futur dans les yeux du garçon. On dirait l'éclat d'une aube lumineuse qui permet au jeune homme de se projeter loin de ce lieu enchanté.

Le directeur vient me chercher.

Il est debout devant la porte de ma cellule. Derrière lui, je vois les gardiens, visages fermés. Ils ont mis leur chemise noire. Ces hommes sont les mêmes que j'ai connus pendant toutes ces années devant ma cellule, ils pétaient, bavardaient, riaient, passaient les plateaux-repas à travers le guichet, mais maintenant ils ne sont rien. Je sens la carapace dressée autour de leur cœur. Ils l'ont mise pour se protéger de ce qu'ils s'apprêtent à faire, je le sais bien.

Le directeur a un regard doux. Il n'a pas peur de moi. Ce qu'il fait ne lui pose pas de problème. Son cœur est limpide.

— Prêt ? demande-t-il.

J'ai l'impression d'avoir les jambes glacées. Je me lève prudemment en laissant *L'Aube blanche* sur mon lit.

Je jette un regard circulaire à ma cellule. Il n'y a pas de dessins sur les murs, pas de télévision, pas de journal intime sur le sol. Un plateau-repas vide traîne par terre. Je n'ai rien commandé de spécial pour mon dernier repas. J'ai mangé ce que j'ai toujours mangé pendant de si longues années.

Je pars comme j'ai toujours souhaité être : oublié.

Le directeur ouvre la porte. Je me retourne et tends les mains pour que les gardiens me passent les menottes. Elles me semblent froides et étonnamment lourdes après tant d'années.

Silence, disent les murs. Silence, dit mon cœur.

Une fois menotté, j'attends, dos tourné aux gardiens. Ils finissent de me mettre les fers. Les anneaux de métal flottent autour de mes chevilles. J'ai l'impression d'avoir rétréci au fil des années. Le directeur attend patiemment qu'ils aient fini de m'attacher. Son regard bienveillant est absent. Il pense à ce qu'il va faire demain ou à son petit-déjeuner ou à tout autre chose. Il a envie d'en finir avec cette procédure. Je suis content qu'il pense à son lendemain et pas à moi. Je suis content qu'il ait gardé mon secret, heureux qu'il ait respecté mon souhait. C'est mieux comme ça ; je préfère ne pas être emporté dans le tourbillon comme York, ne pas voir mon reflet dans le regard chaleureux de la dame.

Les chemises noires donnent le signal : c'est l'heure d'y aller.

En traînant les pieds, j'avance. C'est moins difficile que je le pensais.

Je suis dehors, j'ai franchi ma porte. Cela n'est pas arrivé depuis si longtemps. Les sols de pierre sont durs et bosselés sous mes chaussons de papier. La plante de mes pieds me fait mal. Je n'ai pas l'habitude des pierres, avec leurs formes irrégulières pleines d'arêtes vives.

Le directeur me soutient le bras. C'est mon premier contact humain depuis des années. J'en ressens comme un choc électrique dans tout mon être, si fort que je crois m'évanouir.

Sous escorte, j'avance en traînant les pieds dans le couloir de la mort. La cellule où vivait York est occupée par un nouveau détenu. Les petits hommes se carapatent dans les murs, ils vont porter des messages aux quatre coins de cette prison, j'imagine. Les autres ne se postent pas aux barreaux pour me voir passer. Ils ne lancent pas de « Salut, mec » ou de « Bien le bonjour à Odin » ou encore « Vas-y, fonce ». Pas d'appels de frère à frère, pas d'adieux définitifs.

Le silence résonne tout au long de cette longue marche. Je baisse la tête pour écouter le silence, j'entends mes chaussons de papier glisser sur le sol.

Nous arrivons finalement au bout du couloir et, lentement, nous passons à pas feutrés devant le bureau qui fut celui du prêtre. Il est vide, mais il paraît qu'un nouveau prêtre va arriver. D'après le directeur, c'est un jeune plein d'ardeur qui se croit capable de changer le monde. Il déchantera vite.

Le prêtre déchu et la dame ne sont plus là. Elle est partie avec lui vers la pluie qui tambourine sur les cèdres bleus, vers les éclats de rire et les caresses de l'amour à la nuit tombée.

La dame ne le sait pas encore, mais je lui ai laissé quelque chose. Je l'ai posé sur mon lit en demandant une dernière faveur au directeur. Je lui ai demandé d'envoyer à la dame mon exemplaire de *L'Aube blanche*. J'ai mis un mot sur la page de garde, juste de moi à elle, écrit avec ce petit bout de crayon. Je ne lui ai pas dit grand-chose. Un seul mot.

Ce n'est plus très loin maintenant.

Le visage du directeur se détend. La main posée sur mon bras est ferme, rassurante. Je sens ses doigts qui me serrent et je m'émerveille des sentiments qui traversent mon corps rien qu'au contact de ces deux coussinets de chair.

Soudain, nous y sommes. La porte est ouverte. La pièce orange est nue à l'exception de la table en son centre. À côté, se trouve la machine. Mes yeux chavirent un peu. J'aperçois les tubes laiteux sur leur support, les boutons rouges.

Le vieux téléphone noir est accroché au mur.

Ce téléphone ne m'inquiète pas. Il ne sonnera pas.

De l'autre côté des murs, le silence règne. Il n'y a pas de voix qui s'élèvent pour protester. Personne n'est venu manifester. Personne n'est venu se réjouir, non plus. Il est des horreurs trop absolues pour être contemplées. Il est des actes au-delà de la rage ou de la rédemption. Nous voulons tous fermer les yeux sur ces choses-là et les oublier.

Au loin, j'entends le son le plus doux qui soit. C'est un oiseau qui chante. Sans doute l'un des oiseaux de nuit duveteux venus dire au revoir. C'est la plus belle chose que j'ai entendue depuis des années, un son plus harmonieux que celui des cloches ; je sais que cela valait la peine de venir jusqu'ici, ne serait-ce que pour l'entendre. J'en ai presque mal aux oreilles, tellement c'est joli.

L'oiseau trille puis se tait. Je savoure son chant comme j'ai savouré le bruit de pas de la dame quand elle passait devant ma cellule.

La chaleur réverbérée sur le côté de mon visage me rappelle l'existence de la fenêtre. Je soulève la tête. Le lourd rideau noir est ouvert pour que le public puisse voir. Dans la pièce voisine, les témoins sont assis en rang sur des chaises pliantes.

C'est alors que je la vois. La maman de Donald. Elle a pris place tout au bout à droite, elle se fond presque dans la pénombre. Elle est beaucoup plus vieille que dans mon souvenir, à mon premier procès. Elle porte un cardigan rose défraîchi. Elle a les traits flétris, les cheveux gris. La dernière fois que je l'ai vue, j'avais dix-huit ans. C'était une jeune mère, alors.

Son visage pâle est bouffi d'avoir pleuré. On dirait qu'elle pleure depuis des jours, des semaines, des années, des décennies, depuis toujours. Ses yeux brûlent comme des lanternes dans ma direction.

Je l'entends une fois encore. La sonnerie du téléphone, et sa voix où se mêlent angoisse, tristesse, panique et qui demande en suppliant à l'autre bout du fil :

— Donald ? Donald ? C'est toi, Donald ?

J'entends ma propre voix lui répondre. Pourquoi pouvais-je parler à cette époque ? Pourquoi uniquement à ce moment-là ? Je me souviens de son gamin à côté de moi, tremblant de peur, couvert de sang, et du rideau blanc qui flottait au vent. Pourquoi ai-je fait subir ces choses horribles à son enfant ? Pourquoi ne pouvais-je parler qu'à cette époque-là ?

Les yeux de cette mère sont creusés de douleur, ils cherchent des réponses.

Le directeur me touche le bras. Des mains me forcent à m'allonger. L'étroite couche me semble tellement différente du lit que j'ai connu pendant toutes ces années. Quel soulagement de s'allonger après cette longue marche. Mes pieds et mes genoux me font mal. Les mains me maintiennent fermement en place, elles attrapent les sangles pour m'attacher. J'ai une sangle en travers de la poitrine, une autre sur les cuisses, une troisième sur les chevilles et d'autres encore pour me tenir les mains et les pieds.

Que de sangles, j'ai envie de leur dire que c'est inutile. Je n'opposerai pas de résistance aux lianes.

Dans le reflet de la fenêtre, j'aperçois un homme décharné aux cheveux grisonnants et clairsemés qui retombent en mèches éparses sur un visage hâve. Cet homme, c'est moi, vieilli avant l'âge.

Le directeur pose une main sur mon bras, un poids qui me rassure. Il a des doigts blancs avec des poils noirs sur les phalanges.

Le verrouillage général a été activé dans l'ensemble de ce lieu enchanté. Les gardiens attendent dans leurs miradors obscurs, le fusil à l'épaule, un calme silencieux dans leur cœur. Les porteurs de cadavre attendent dans leurs cellules. La cour d'exercice est déserte, l'aire de musculation dessine des ombres noires. Dans les profondeurs de la terre, les chevaux d'or patientent, têtes penchées, près des falaises brûlées, prêtant l'oreille au bruit sourd de la chute qui signale qu'un autre d'entre nous vient d'être éliminé. Les petits hommes se sont réfugiés dans leurs cachettes secrètes dans l'épaisseur des murs. Accroupis, ils tiennent leurs marteaux entre leurs mains griffues. Le four du crématorium attend, son feu craque et étincelle et, au sous-sol, les grisegoules se tortillent par terre.

Le directeur et les gardiens regardent la pendule au mur. Tout le monde se tait. Le téléphone se tait. Nous gardons tous le silence. Je suis heureux de ce répit, après tout ce vacarme dans ma tête.

Je sens une piqûre. Le médecin m'a posé l'intraveineuse. Il fixe rapidement l'aiguille avec un sparadrap. Tout se passe si vite. Je lève les yeux au plafond. Il y a une tache. Quel quartier cellulaire se trouve là ? Déjà, la connaissance de ce lieu m'échappe, elle s'écoule de moi comme l'eau. J'ai envie de tourner la tête pour poser la question au directeur, mais, même si j'arrive à parler dans ces derniers instants, j'ai peur qu'il me réponde : il n'y a pas de quartier cellulaire là-haut, tout ce que vous avez pensé, dit, imaginé était faux. Non, lui dirais-je, je savais que c'est ce qui arriverait, et c'est arrivé. Je n'ai pas imaginé les tubes laiteux, ni les petits hommes, ni ce visage qui me brûle à travers la vitre.

Le directeur est penché au-dessus de moi. Son visage paraît ridé, ses traits affaissés. Il me demande quelque chose :

— Quelles sont vos dernières paroles, Arden ?

Je secoue la tête. Il n'y a jamais eu de paroles pour moi.

Le directeur jette un coup d'œil sur la pendule, et nous regardons les derniers instants de ma vie s'enfuir doucement. C'est intéressant, je sais exactement quand je vais mourir. Quelqu'un est en train de compter. Les chiffres s'emmêlent parce que j'attends ce mot-là, et le voilà qui arrive :

ARMÉ.

— Prêt ? demande le directeur au médecin, qui surveille la machine.

Les derniers moments s'enfuient.

— Prêt, répond le médecin.

Le directeur me touche le bras.

— Au revoir, Arden, me dit-il.

Au revoir, monsieur le directeur.

Il appuie sur le bouton d'à côté.

INJECTION.

Le produit s'écoule. Dans la pièce, tout le monde se redresse et pousse un soupir de soulagement, comme si c'était déjà fini.

Je tourne la tête pour voir la maman de Donald une dernière fois, pour qu'elle ait le plaisir de voir la vie quitter mon regard. Je vois ses yeux derrière la vitre, ils plongent en moi pour distiller sa haine dans la liane fixée à mon bras.

J'ai envie de lui dire de faire comme si cela n'avait jamais eu lieu, comme si ce que j'ai fait à son fils n'était jamais arrivé. Elle devrait se dire qu'il est mort d'une leucémie, d'un tragique accident, ou de n'importe quoi d'autre qui cause la mort d'un enfant et permet aux parents de se ressaisir, d'accepter le deuil et de continuer à vivre, le cœur empli de douleur mais sachant la guérison possible. Pas avec ce que j'ai fait. Il n'y a jamais de guérison possible après une chose pareille. J'ai envie de lui dire de faire comme si je n'avais jamais existé – j'étais un avortement qui n'a pas marché. J'ai envie de lui dire que j'aimerais revenir en arrière, me recroqueviller dans le ventre de ma mère, m'effacer pour redevenir graine, me réduire à néant. Jamais existé, jamais venu sur terre, jamais fait subir à son fils ces choses épouvantables et si douloureuses.

Le téléphone est décroché, la tonalité retentit. « Donald ? C'est toi ? »

Elle pleure. Je vois les larmes couler sur ses joues bouffies.

FIN.

Le produit fait effet, je plane de plus en plus. Je sens mon corps se relâcher. Un bâillement m'ouvre la mâchoire. Le regard du directeur est plus détendu, il me lâche le bras pour que je puisse partir.

Je sens que je prends de la hauteur. Mon corps tout entier se soulève de la table et s'élève dans les airs. Je flotte et traverse le plafond, les murs, puis un plafond après l'autre comme si les pierres étaient poussière, mon corps monte en tournoyant et se trouve projeté en dehors de la chambre d'exécution.

Elle me suit du regard pendant que je m'élève de plus en plus haut, j'ai traversé le toit, je survole tous les quartiers de la prison et, mince alors, il y a de l'air par ici. De l'air frais et le scintillement des étoiles dans la clarté lunaire. L'air est si délicieusement froid qu'il me brûle les poumons pendant que je dégringole dans le noir. Je roule en tous sens parmi les étoiles, et, en bas, j'aperçois la petite pièce et le visage de cette femme tourné vers moi, et autour les miradors, les murs et les bâtiments.

De là-haut, je vois le couloir de la mort et les hommes qui y sont enterrés, je vois par-delà les murs de la prison. Je vois la rivière froide qui coule non loin de là et les masses sombres des bosquets. Je vois le ruban des routes ponctuées de lumières qui s'étendent tel un réseau veineux, ces lumières qui sont les maisons où les gens habitent, je le sais.

Je m'élève toujours plus haut, les murs et les miradors sont de plus en plus petits, et je vois que la prison est bordée de champs et de forêts obscures. Je sens l'odeur des sapins, des cèdres, et du vent nocturne. Je vois la rivière qui se jette dans des eaux plus vastes et plus noires, et l'odeur des forêts, des nuages, des étoiles, de la pluie et des poissons à naître. En bas, les maisons forment des îlots de vie qui palpitent sur une toile noire.

Je suis si haut que mon regard s'étend par-delà les collines jusqu'aux montagnes. Il y a tout un monde qui se déploie au-delà de ce lieu : un monde où la vie fonctionne comme une machine à vapeur, où l'amour crisse comme les feuilles que l'aube a couvertes de givre. Un monde où les mères s'allongent dans l'après-midi avec leur bébé sur des draps fleuris, où les hommes se serrent contre leur femme et enfouissent leur visage dans la fente de la vie.

Avant qu'il ne soit trop tard, je vois un petit chalet blotti sur le versant d'une colline bleue qui surplombe une série de lacs d'un vert d'émeraude.

C'est le chalet où vivent le prêtre déchu et la dame. Il dort avec elle et prononce son nom au cœur de la nuit, il le répète en jouissant en elle plusieurs fois de suite. Cette nuit-là, ils sont merveilleusement inconscients de tout ce qui se passe. Ils ne lisent plus les journaux depuis des mois, ils ont cessé de s'immerger dans la douleur des autres. Ils vont décider de ce qu'ils veulent faire ensuite. Ils ne me voient pas là-haut au-dessus d'eux, tandis que je roule sans fin dans le ciel noir. Dans la soupente, blottis dans un lit blanc, ils se préparent à dormir, et le prêtre relève la tête pour la regarder sombrer dans le sommeil. Il la voit comme pour la première fois, tellement détendue, comme si son corps tout entier avait trouvé le pardon à sa douleur.

Elle murmure quelque chose, le plus précieux des mots, en dehors du prénom de l'aimé. C'est le mot que j'ai écrit pour elle à l'intérieur de mon livre : Amour.

Je détourne d'eux mon regard et m'élance, tel un cristal, pour revoir les murs qui me retenaient prisonnier.

Oh, ce lieu enchanté.

Ce monde enchanté.

Composition et mise en pages
Nord Compo à Villeneuve-d'Ascq

Imprimé en France par

CPI
FIRMIN-DIDOT

à Mesnil-sur-l'Estrée en novembre 2014
N° d'impression : 125510

Fleuve Éditions
12, avenue d'Italie
75627 Paris Cedex 13

Dépôt légal : août 2014
Suite du premier tirage : novembre 2014
R09800/03